U0029936

李莎隨筆集

自坐逍遙台

李莎——著

送給過去與未來的自己

　　過去不可更改，未來難以預測。

　　有段時間有一個很流行的話題，叫「時間膠囊」。此時此刻的我們，寫下一段寄語給未來的自己，封存在時光郵局。待到指定的時間，會由工作人員寄出這份信件。一種很浪漫的方式，某種層面上是在和未來的自己交流。

　　在把過去幾年公眾號的文章集結成冊的過程中，我便有一種這樣穿越時空的對話之感，再一次洞見到過去的自己霎時的開悟，抑或是轉瞬而逝的迷茫。許多原已沉寂的情緒，又鮮活地翻湧起來，過去某一刻的自我，逐漸清晰地浮現在眼前。

　　文字是一把鑰匙，它可以開啟時空之門。幸運的是，我在自我修行的路上，把許多自我探索的思考記錄了下來，日積月累，驀然回首，竟也是有著不小的進步與蛻變。這些文字像是私人的史書，穿越時間的河流，滋養著現在的我。

　　所以，這本文集算是我在與內在的自己交流時所衍生的產物，每個人的一生中，相處時間最多的人都是自己，我們最需要瞭解的，也是自己。

　　這就是我在「修行之美」中，談到的向內求，理解這個世界其實沒有別人，外在的一切連接都是內心的投射，當你的

想法發生改變，這個世界也會隨著發生變化。

這裡面有兩個關鍵點，一個是**反求諸己**，另一個就是**接受改變**。

反求諸己，需要時常自省，過程也不都是愉悅，雨雪風霜也是常事，淌過去便是新天地。

接受改變，的確是一件知易行難的事情，人隨著年齡漸長，三觀日益穩定，很多想法的革新是難於登天，所以要常思考，和自己辯論，改變來得悄無聲息，接受起來便順暢許多。

我希望我的一些自我思辨的過程，不僅能讓過去的我潤物細無聲地變得更為通透，也可以為各位提供一點思維底蘊，踏上自我的探索發現和無盡完善之路。

聽起來當真是宏圖偉業！

人一生最偉大的作品，或許並非是財富的累積、名望的認可，而是一個真實豐富、明亮堅強的自己，這條路是一條充滿曲折的路，但也是一條充滿愛意的路。愛己、愛人、愛自然，在有限的生命中，感受無限的情意。

「天地不仁，以萬物為芻狗。」這是一種大愛，我很慶幸在生活中體會到了這一點，它讓我更為平等地看待這個世界的參差，看待自己的不足，讓我跳脫出個人局限的視角，可以去共情天地，來看這個蒼茫浩然的宇宙。

這本文集中有好幾篇談及了我的世界觀乃至宇宙觀，頗

為有趣。人有時務虛也絕非壞事，思考談論一些宏大的話題，雖與現實生活相去甚遠，但卻能從虛無中找到一些共同的規律，也就是常說的「道」。

這樣如同偵探般抽絲剝繭發現的道理，與自己一直修行的信條重合之時，就是虛無照進現實的時候，有一種醍醐灌頂的酣暢感。

也會覺得自己不再是孤身一人。人有時會在生活的某些瞬間，感到孑然於天地間的孤獨感，即便身邊有親友相伴，明明行於繁華之間，卻有一種格格不入的孤寂。

我把這樣的瞬間看作是一種「靈性的蘇醒」，我們意識到了靈魂與肉體的不相容性，更為敏銳充沛的靈魂，在一瞬間要衝出身體的藩籬，回歸到浩瀚無垠的宇宙本源，但又在人間瑣碎的羈絆下逐漸平息，這才有了鬧市隱士之感。

而宇宙的宏大，無序中暗含著秩序，便會給人以一種來自根本的安定感與包容感。這種偉大與渺小對比之下，人反而能腳踏實地於當下的生活，把從外界學習、內在領悟的道法，運用到實際當中。

這個過程同樣依賴於長期的重複練習，這也是為什麼，這本文集同樣送給未來的自己，就是來自當下的我的一份提醒與叮嚀，讓我持續秉承著在紅塵中修行的道心，莫要止步不前，莫要怠於精進，荒蕪了自己。

「未來」是誰都無法下定論的詞語，就如同三年前的我，一定也想不到我會堅持在公眾號分享隨筆持續至今，也絕不會想到這三年間所經歷的疫情反覆及時局變化。

　　但無論如何，我在這三年裡收穫了很多，最大的收穫是個人的情緒穩定與認知改變，這都得益於過去的我所種下的善因。

　　人生就是這樣，今天栽花明天賞，今年種樹後乘涼。我們對未來若是抱著偌大的期望，便會很容易陷入一種當下不值得的受害者心態，如同心陷泥淖，頹然傷情。只要人生的每一天都認真過，每一次相遇都本著一期一會的心情去對待，不辜負每一個今天，明天如何也不會過分在意了。

　　不在意並不是且顧眼下的短視，人生的每一個時間點，都會對未來產生連鎖效應，顧好眼下的事情，未來的你才有時間做更多的事情。無需焦慮於一時的困頓，也無需因內心的無措而怯懦，每個人都有這樣脆弱多慮的時刻，人生不會因此而停滯，人永遠可以向前走。

　　我們可以更為輕鬆地去生活。

　　我在 2022 年的一篇隨筆中，曾對人生意義進行了個人的劃定：「人唯一自我安慰的辦法，就是為自己的存在自賦意義，找到自己喜歡的價值去追求，確定自己個體存在的價值。」

我相信許多讀者朋友，在生活中也會有不知路在何方的茫然時刻，我所能給予的建議就是，找到你最熱愛的一個點，可以是具體的事業，也可以是無形的感受，以此為你人生圓規的定點，展開你自己的同心圓。

　　浮生如夢，一夢復見流年，與君共赴明朝。

目次

窺本溯源

理清事情本質，會越活越通透

認知升級：關於「所見非所見」的一點看法

悟之為己為眾生

大道至簡，繁在人心

認清事情本質，會越活越通透

我有一位很有意思的家人，在相處的近二十年時間裡，幾乎沒怎麼見他有過真正暴躁、憤怒或是情緒波動極大的時候，只是偶爾也會有真性情的一面呈現。因為他心緒穩定，所以整個人的精神狀態看起來也極佳，每次見面都神采奕奕。

我開始有意地觀察他的行事狀態，發現他有一個特點：對於那些受外部影響比較大、不可控因素比較多的事情，不會讓這些東西過分影響自我；而對於那些因為自我情緒而造成的「不快樂」，他往往能夠「內向歸因」，從自己身上找問題，然後慢慢修正這些部分。

因為這樣的意識邊界，他和很多人都相處得很好。我想其根本原因，還是因為他從來沒有在「思想上」偷過懶——遇到的每一件事，他都能具體問題具體分析，而且能夠比較快地找到事物的核心本質所在。

他的思想，能夠適應複雜的系統和充滿不確定性的環境，同時還具備了認知的邊界，在控制自己的同時，還能分析自己和這個世界的關係。要同時做到這兩樣，實在是很難的一件

事。至少在這個方面，我目前還做不到，我是比較容易被外在環境所影響的人，這令自己的生活選項變得更窄和固化。

久而久之，就會更容易形成思維固化，從而局限了自己的認知與探索，在這個課題之上，我還有很遠的路要走。如果需要自我安慰的話，那就是至少我很清晰的看到了自己的問題所在，能夠自我認知是重要的基石和基礎。

上週我看到了一篇文章，名為《他研究了三萬家公司，發現了一個令人警惕的法則》，作者在這篇文章裡，分析了很多公司形成、發展、生長的規則，同時也提出了不同體量的組織形式之間有何異同，和它們的發展規律。

這篇文章同樣提出了一個觀點：別以為這個複雜世界紛紛擾擾、雜亂無章，事實上，從生物體的壽命到公司成長的規模，再到城市的發展，都有一些不可違反的定律、不可逾越的界限。使用規模法則，我們就能用一些簡單的邏輯，對世界進行更深入的思考，從而選擇更適合自己的發展路徑。

分析下來我發現，大到規模城市、規模企業，小到我身邊的一個人，都需要在具體的情境下分析自己的處境，並根據自己的處境，做出適合自己的判斷決策，才能找到適合自己的最優解。

巴斯卡曾說：「人是一顆會思考的蘆葦，思想，造就了人的偉大。」

這讓我聯想到了疫情期間，我對生命本質的思考。因為這突如其來的疫情，使得我在 2020 年從美國飛回香港隔離 14 天，緊接著從香港回到廣州再隔離 14 天。連續 28 天的隔離，可以說是人生很特別的一段經歷，那時第一次感受到「自由」的可貴，原來能自由自在的在街邊行走，都是一件美好的事情。

　　而 2021 年的當下，我因為從香港回深圳，此刻也正在酒店隔離，而這一次是需要隔離 21 天。在一日三餐都定時定點有人「投餵」的日子裡，開始有更多的時間去思考和寫作。

　　這些天我不只一次地想過，生命的意義是什麼？對於宇宙本身來說，人和原子並無區別。原子有半衰期，什麼時候分裂衰變，從整個群體的角度，或許可以清晰地看到其變化的方向和週期，但是對單一個體，它的裂變則是隨機的。文明的誕生，就伴隨著我們對世界的思考，對我們自身生命本質的探索，每一次裂變，都會給我們新的啟發和新的思考。

　　比如在一個有信仰的群體裡，死亡對於他們而言，只是去往另一個世界，如果這個群體有不懼死亡的信仰，可以考慮設立「涅槃堂」，年紀到了，覺得生命沒有意義、沒有了意思，可以選擇安靜的涅槃。不忌諱談「死亡」這種客觀自然存在的生命閉環，才是真實的人生。

　　我們的社會，會給一個人的人生貼標籤，會給一個人的

人生附加一個名為「意義」的大詞。很多人為了實現社會給我們定義的「人生意義」，失去了自己真實的人生。

比如大部分人都忌諱談論死亡，大部分人都覺得功成名就是活著的終極追求——其實不管是傳統文化，儒、釋、道，都沒有「好死不如賴活著」的原始解釋，這是對死的詆毀，很多都是後人因為畏懼死亡來臨，刻意附著上去的說法。

對生死來說，我更喜歡的一個詞叫做——貴生。**貴生，是輕易不會輕賤生命，但是也不懼死亡**。這個詞原始的意義，與西方推崇的「貴族精神」有極高的相似性，只是如今的人曲解了「貴生」真正的含義，把「貴生」變成了貪生。

好的文化被扭曲變形，是從古以來專制統治階層最喜歡用的手段之一。其實真正「貴生」的意義是珍惜當下生活，珍惜生命，但是為了大義大道，一樣不懼怕死亡和犧牲。

正是因為普遍性的貪生，所以現在在面臨真正需要大義犧牲的時候，也沒有人肯做出犧牲。大家都貪生怕死，還安慰自己，覺得自己符合「貴生」的道。

其實懼怕了犧牲，社會無法前進，革新也無從發生。所謂的「變化」，也不過是在原來的基礎上，對某些問題進行了少許的修復與妥協而已。

在我看來，貴生應該是該尊重生命的選擇，就像一個人活著本來就已經很痛苦了，生命沒有意義和品質的時候，應該

尊重他的自由意志和「死亡權」，而不是一味的搶救、插管、呼吸器。美國普通民眾可以擁有槍，不光是保護弱者的權利，還在於他們認為人權的「道」，比延續和保存生命更有價值和意義。

一個人生而無從選擇，最終連死也無從選擇，是不合理的。而對「貴生」一詞的理解，也應該在具體的情境下進行理解。

一個人只有瞭解很多標準後，才會慢慢知道，一句話在不同場合、不同人身上的效果，會知道不同的人在聽到這句話時千差萬別的感受，而不僅是自己的感受。你面對的是具體的人、具體的情境，而不是抽象的概念，不可能僅僅代入自己的理解，就認為自己懂得了對方所感受的。

真正的「道」，是流動的。

上善若水，水利萬物而不爭。修道，修的是我們對規律的把控和理解，這樣才能在具體的情境之中，分析我們應該做出什麼樣的選擇。

真正的「道」，是絕不會故步自封的，穿透事物的本質，只是為了理清這個名詞的概念，找到它適用的情境，當我們遇到事情，產生思考，就是我們收集同類資訊的過程。

在收集了這些資訊之後，我們還要從這些資訊之中，找到它們內在本質，真正的指向，也就是這些資訊之中隱含著的

普遍規律。而從規律出發，才能做出真正適合自己的選擇。

　　對於依道而行的人，這個世界並沒有那麼複雜，因為他們活在一個自然純粹的境界之中，活在一件事的本質上。只有這樣，人生才會越活越輕鬆，也會越活越通透。

認知升級：
關於「所見非所見」的一點看法

　　隔離期間，我讀了一些關於學習和認知的文章，其中，神經科學的研究者 OWLlite 的文章之中，有些觀點令我有些觸動。在他的文章之中，提出了這樣一個觀點：在一個獨立學習的前後，人們認識世界的問題方式和結果，並沒有發生根本的改變，無論是圖像事物還是聲學事物，我們感知的基礎模式，沒有發生太多變化。

　　基於這一點，他認為，真正意義上的學習，或者說「開悟」，是我們打開了我們的思維，提升了我們的認知，從更高級、更多維的角度，理解了這個東西的結構、形態、變化。

　　這篇論文引發了我的思考，讓我想起了我朋友平時和一些來訪者交流的情形。每每有人來問她問題時，她都會基於對方現在對這個問題的認識，盡可能地將答案進行詳盡的解釋。但是她發現那些求助者，要不就是只揀選他們喜歡聽到的那些話來聽，想從她那裡印證自己的判斷；要不就是對她真誠的建

議持否定的態度，聽完了依舊我行我素。

之所以會造成這樣的現象，有點像是 OWLlite 在文章裡面說的情形。同樣一件事，或是同樣一個物品，對於一個悟道者來說，她可能看到的是這個東西的各個方面，能從全域、動態的角度去理解這件事，但是對還被表像迷惑的人來說，他們看到的可能只是這件事的細部，或者某一個方面。

相應的，他們能理解的，也只有自己看到的那個部分，而不能感知到事情的全貌，因而也不能對自己的行為和決策，採取結構化的調整。這樣就會造成他們面對同一個對象時，觀點卻呈現出巨大的差異，也就造成了「所見非所見」這個分歧。

其實，悟道從某方面來說，就是提升自我認知。真正的領悟，是把腦袋之中已經連接上的認知打破重建，形成更加完備的樹突結構。這個打破的過程極度痛苦，但是卻沒有辦法，只能如此。這種神經樹突的連結，一旦建立就會焊死，會穩定下來，直到下一次重建。

基於以上的理解，想到我身邊認識程度綜合水準較高的那些朋友，大多都具備以下三個特點：

- 第一，看一個問題時，能站在更高的角度，看到一個東西的全貌。

一個人如果能站在更高的角度，用更多元的思維去看這個世界，會看到一個動態的人生。就比如我看到了一個人的過

去、當下，所以才會產生悲憫，同時可以基於此，淺顯地預測出他的未來。

　　每個人都有思考能力，所以每個人一定都有或大或小的目標，但當有了目標之後，這些人並沒有從更高的角度進行全盤思考，而是只看到這個東西對自己有利的地方。

　　不能看見一件東西全貌的人，就不能從全域上完整地理解這件事。如果一個人只有目標，有了目標之後，卻沒有利用思考能力思考全域和具體執行細節的能力，這個目標就會止於幻想。因為人類在樹立目標幻想結果的時候，會產生實實在在的快感，但是實現目標卻要有起有止，還要有細節。

　　我們的現狀往往是由很多個面組成的，如果一個人要改變自己的現狀，就要對造成現狀的成因追根溯源。結構化調整就是在多項事務上調整自己，這樣才能真正改變自己的現狀。

- 第二，看一個問題時，能夠透過現象看見問題的本質，理解這個東西背後的「道」。

　　這一點，用老子的話說就是：有道無術，術尚可求也；有術無道，止於術。從複雜層面去說，提升自我、努力修行關涉的知識與經驗是無窮的。就像這個世界分學科，每個學科的知識浩如煙海，有很多知識，是研究一輩子的專家都不能徹底搞明白的。世界發展到現在，資訊太多太複雜，很多人會被表像迷惑，會被錯誤的知識迷惑，正是因為正確的知識太少了。

從「道」與「術」的層面來説，知識是依附在大道上的表像，知識只要勤奮就能獲得，但是修行卻要花費心力，去突破自我、去升級，去獲得更高的思維角度。這個過程很痛苦，但是一旦獲得了，卻有無窮無盡的益處。

- 第三，看一個問題時，能用動態的視角去審視它，接受這個東西的變化，能看到事情的本末，看到一個人的過去和未來。

對於修行的人來説，他們的未來不好預測，原因是，一個修行的人，他的未來是動態的。

思維固化的人，常常會有這樣一個特點：他們的世界已經靜止了。對於修行所能讓自己作出的改變、達到的高度，他們在沒獲得眼前的利益時，很難弄清楚。因此，很多人看不到修行的未來，所以放棄修行；很多人因為看見一時的修行不能獲利，就認為修行無用。

這個世界是流動的，人的變化也是動態的，所以，要預測人的未來，其實是最難的。預知未來的能力，最核心的一部分，是對自己的瞭解和掌控度。

所以我想，真正提升認知，在於建構多元思維。世界觀的建立也是依靠於此，只有多站在各種角度上思考，用心思考一切見聞的細節，才可以看到更大且全面的世界。

悟之為己為眾生

　　身邊有幾個修道的朋友，平日裡耳濡目染，我總結了一些他們行事的大概規律。總體而言，我這些修行的朋友，常常會做一些在別人看起來善良到「傻」的選擇，有時候也會做一些在普通人看起來匪夷所思的事。

　　如果從修行的角度去看待這些的行為，其實並不難理解。願意幫助別人，是因為他們懂得一個人要想擁有更好的生活，就需要和別人協作，需要有利他的思維；一個人想要在事業上更有成就，就需要從更高的維度去理解自己的事業，以更高的標準來約束自己的行為；一個人想要獲得內心的安定，就要更清晰地認識自己，瞭解哪些是需要改變的，哪些是需要穩固的。

　　這種對人生本質的理解，就是「悟道」。

　　悟道，本質上就是去理解這個世界真正的運行規律。

　　因為，這個世界是有其運轉規律的。

　　理解了這個規律，就是依道而行，才能夠順勢而為，將人生向良性的方向引導與運行，修道的本質原因就在此。

世界的運轉規律，並不以個體懂不懂、知不知道、相不相信為轉移，在我們生下來的時候，道便存在於這個世界。雖然現在的道有很多表現形式，比如社會法則、人的共性心理規律等等，其外在的形式紛繁複雜，變數眾多，但是在本質上，它們都是人對共識的理解，是宇宙規則的具體表現形式。

　　修行的意義，就是在領悟這個原理的基礎上，依照「道」的規則原理，慢慢調節自己的行為。對整個世界來說，個人是微不足道的，但是對一個人而言，一個微小的變數，便會影響到他整個人生的走向。而同一件事，哪怕是相同的結果，其中變數互相作用的過程，也可能完全不同；因而哪怕表面上看起來是差不多的事情，性質卻可能完全不同。

　　道的本質，就是符合邏輯，遵循規律，並按照這種規律引導我們的人生。我那些朋友之所以看起來傻傻的，就是因為他們思考很多問題時，是從更高維度去思考的，並從更高維度向下包容了很多別人不能理解的部分。

　　所以，這些朋友生活很幸福，因為真正的幸福有個前提條件，就是精神愉悅。

　　道之存焉，並不會因旁人看不懂它而改變，更進一步來說，真正的道或者自然規律，即使是人類滅亡了，它依然會存在，並且不會有任何改變。

　　為什麼修行悟道如此重要呢？因為對道的認知會組成人

的三觀，而人的三觀，會指導我們的行為。很多人以為「道」離我們很遠，似乎是一種高深莫測的東西，其實不然。道無處不在，小到下一頓吃什麼，大到事業的選擇、配偶的選擇，這些無不遵循著命運之道。悟道或者不悟道的人，選擇不一樣，而這些選擇最終會決定你身體健康與否、愉悅與否、幸福與否。

對於不能理解道的人而言，很多時候，他們並不能意識到不是自己在做決定，因為他們並沒有自己立身的根基。

沒有自我的定見，就不會對自己的選擇和自我認知負責。所以，我們常常會看到，有些人的人生被別人全權掌控，從吃什麼、穿什麼到幹什麼，都被別人安排好了，自己沒有做決定的權利和意識；有些人是糊裡糊塗地做決定，別人說什麼他做什麼，社會宣傳什麼他聽什麼，公眾號鼓吹什麼他信什麼，意識上隨波逐流。對這些人來說，掌握真正的規律就沒什麼意義，他們不主動做出選擇，因此也沒必要去瞭解選擇的真正後果是什麼。

修行悟道，會點亮一個人的靈魂，讓人自己做出選擇，自己掌控自己的人生。這樣的人生是愉悅的、主動的，因為修行者渴望更接近道，需要去瞭解更多的真正的規律，以助於做出正確的選擇，過更好的生活。

這樣的修行，會建構一個人優秀的底層認知，避免讓人

被騙，它們和現實交相輝映，幫助我們產生我們自己的思想，如果我們還有成長的需求，以悟道為基礎奠定的思維模式，會讓人一生受益無窮。

真正的悟道，類似於自己對自己的貴族教育，能讓一個人學會判斷大勢，懂得趨利避害，會為社會考慮，為種族考慮。人格高尚，關注自我發展、精神生活，嚮往自我實現，目光充滿了遠見。

沒有智慧的人，賺到了錢也是守不住，因為德不配位而傷害自己人生的人，大家都看過太多。一個人主動壓低自己的思想，毀掉自己發展和自我成長的道路，即使一時得到了好處，但是大運走完之後，最終還是會失去不屬於自己的東西。

有時候，要繞一段更遠的彎路，才能抵達我們最終想要的終點。就好像一個還在困在欲望裡的人，他的所思所想總是以欲望為支點的，但是最終的結果總是和自己的欲望背道而馳；而一個真正悟道的人，雖然一時不被理解，但是最終會抵達理想的終點。

悟道先為己，後為眾生，最初的目的往往都是成為更好的自己，逐步前行利他之心更甚，逐漸慈悲之心更甚，自然而然會去做更多有利他人、有利眾生之事。

大道至簡，繁在人心

◆ **簡單，是一種本質思維**

《道德經》云：「道生一，一生二，二生三，三生萬物。」

從《道德經》出發，或可看到這一點：我們每個人出生之時，大多都是一張白紙，有著簡單純粹的靈魂，餓了就吃，睏了就睡。隨後，我們經歷人間的種種，經營我們自己的人生。

回顧歷史，我們也會發現，不管當下如何風光，沒有修行者，大多當時則榮，沒則已焉。或許對世間大多數人而言，活著被當下困擾、被欲望囚禁，才是大多數人的狀態。從另一個角度說，這叫「時至而疑」，是智慧力量不夠的表現。因此，修道其實就是內心純淨，去掉雜質，回歸自然。

記得《世說新語》中曾經記載過這樣一個故事：

晉帝命阮籍作官，著其改革政令。阮籍來到任所，看到眾人消極怠工、無所事事的狀態，下令拆掉眾人之間的格柵，命眾人「敞開式辦公」。在他的改造下，就這樣一個簡單的政策，眾官員的效率竟然大大提高了，比之前所有人的效果都

28

要好。

　　這就是簡單、純粹、透明的力量，一件看似很複雜的事情，破解它，只需要用最簡單的方式。

　　簡單，就是這樣一種「本質思維」，找到一切事物的大本大源，找到事物的關鍵環節，然後在這個基礎上「順流而下」，就能破解問題。

◆ 簡單，是一種框架思維

　　記得金庸先生在自己射鵰三部曲之中，塑造了一個經典的形象：「老頑童」周伯通。他痴迷於武學，和別人打架只因為好玩，他心無城府，幾乎所有的人都能騙他，黃蓉更是以逗他為樂。

　　但是他年紀越大，心思反而越單純，王重陽仙逝，他捨棄掌門之位遊山玩水，把全真教丟給了師姪。黃藥師打斷了他的腿，他也不記恨，而是用頑童的方式報仇。

　　就是這樣一個人，卻成為了當世武功最高的高手，在故事之中，他也得到了最好的結果，不僅重生華髮，最後還和自己有情感糾葛的瑛姑和解，雙雙歸隱山林，真正做到了「道法自然、返璞歸真」的一個人。

　　從他的經歷可以看到，人生半世浮沉，可貴的不是地位有多高，財富有多少，而是常懷赤子之心，永保童真。擁有赤

子之心的人，猶如一面鏡子，一切事物在這面鏡子前都纖毫畢現。

常言道：「由簡入繁易，由繁入簡難。」

人生的前半程裡，我們勇往直前，少年心性，而人生的後半程裡，保持心態的純粹和簡單，不被世間的業力影響，乃是我們最重要的修行。

《圓覺經》云：「一切如來本起因地，皆依圓照清淨覺相，永斷無明，方成佛道。」

修道的起點是先「悟道」。簡單，就是這樣一種「框架思維」，能夠穿透紛繁複雜的表像，找到深層的運作規律。

保持簡單純粹之人，才能以純淨心性，積聚能量，才能炸開脈輪，獲得真正的逍遙自在。

◆ 大道至簡，繁在人心

古人有云：「忍屈伸，去細碎，廣諮問，除嫌吝，雖有淹留，何損於美趣，何患於不濟。」

這句話說的就是心志始終如一，不受外物影響，用純粹的心態持續做正確的事情。

記得修行的師傅曾經告訴我：「找到適合你的方向，然後風雨無阻，日復一日地堅持做下去，等十年之後，你再看看自己的狀態，就明白我為什麼會這麼說了。」

守大德，行至簡，方能得大道。

　　一念緣起，一念緣滅。

　　世間之事，往往猶如鏡花水月一般，用表面的欲望和浮華，遮住了我們的眼睛，讓我們看不清來路。而這個時候，只有堅持本心，才能獲得真正的自在。

　　千頭萬緒，一念而起，大千世界，有生於無。

　　靈魂簡單的人，哪怕看起來一無所有，內心也有旁人不知曉的豐盛；內心繁蕪的人，哪怕錦衣玉食，其實心靈也是荒涼的。只有把那些多餘的東西都倒掉，才能把空間留給美好；只有把那些惹人煩惱的事情放下，才能讓生活愜意輕鬆。

　　大道至簡，繁在人心。

得見命運

不求其全，但求其真

不確定性才是生命的真相

預知未來的能力

天道如張弓

晉如鼫鼠

不求其令，但求其真

　　前幾日偶然看到朋友分享了她的人格測試結果，不由得想起若干年前，自己也曾經很認真地做過這樣的測試，而自己的測試結果是「ENTJ」型人格。

　　這是心理學中一個頗有名氣的測試，叫做 MBTI，中文名字叫做「十六型人格測試」，是一個透過回答近百題的問題，來確定自己人格傾向的測試。這個測試被引進到國內後，一直在變化、發展，研究者們也還在積極研究這項測試，力求讓其更加準確。

　　我和工作室的朋友，曾經很認真地研究過一陣 MBTI，發現在進行人格測試的時候，有些人的結果極其很純粹，而另外一些人的情況，則會隨著生活和年齡的改變而發生變化。那些純粹的人，處在一種相對穩定的數值範圍之中。

　　仔細分析之後，我發現那些變化的人，多數是三十五歲以下的人。更年輕一些的，如果原來便處在一種臨界的狀態下，經歷過一些事情之後，他的檢測結果就會發生變化。也就是說，當一個人三十五歲之後，他們的狀態變化會更小一些，

向內求索的部分也會更多一些。

　　從這件事中，我得到了兩個結論：第一，人在年輕的時候，應該多看看外面的世界，開闊了眼界之後，才能真正瞭解自己，知道自己想要的是什麼；第二，當我們趨於穩定時，如果我們選擇了正確的修行道路，後半生才能過得更加愉悅和舒適。

　　先說第一點。對命理，我和很多人的態度並不一樣，有人在提到命理時，是一副遇到事情之後病急亂投醫的感覺；有人在提到命理時，則是一副「這就是迷信」的態度。其實，我理解的命理不光是玄學，還是一種指導自己行事的態度。一個人瞭解自己來歷，瞭解自己性格成因，可以為自己未來的選擇方向提供一種有效的指導。

　　紅塵太過複雜，也就造就了各式各樣的人，但是在真正瞭解自己之前，大部分人都是盲目的。世人總是只相信自己願意相信的，而不在乎事實為如何。

　　聽到自己想聽的就會高興，看到自己想看的就相信這是真的。殊不知，有些東西恰恰是針對我們的欲望而埋下的陷阱，不符合自我意志的都是假的，卻不知我們只是芸芸眾生之中的一個普通人，我們需要漫長的自我檢閱，才能邁出瞭解自己的第一步。

　　曾經有人在告訴我，他的願望就是賺更多的錢、買更大

的房子，我告訴他，其實並不是這樣，你並不需要更多的錢，買更大的房子，但是你會覺得你需要這些，那是因為這個功利的世界，一直都在向每個人傳遞這樣的資訊，並把這一點看作是一個人成功的標準。

每個人生來不同，需求也不同，每個人都有靈性的那一面，就像我透過 MBTI 的測試得知，我們每個人的人格不同，優缺點也各不相同一樣。瞭解了我們自己，才能選擇和我們更適配的職業、伴侶和未來方向。

對於深遠渺茫的大道，沒辦法直接用先天的良知良能去體悟，只有一點膚淺的理解。因為這些東西太過幽深玄奧，又沒有辦法像科學那樣給人標準答案，肯定會有人不明所以。

正是因為我們根本就沒有認清自己，導致很多人對幽深的道學持一種半信半疑的態度——本質還是不明所以、不求甚解，不能理解無用之大用，以一顆功利之心來對待這件事，認為效果立竿見影的便是好的，當下看不到對自己有什麼好處的，便一味摒棄。由於我們被功利的標準所迷惑，釋放出來貪欲的資訊，一味追求世俗的標準，雙眼才更會被迷霧遮蓋。

這也讓我想起了我想要說的第二點：赤子之心和返璞歸真。

越是在這種充滿神祕主義的領域裡，真正有悲憫之心的人，越是會希望求道者擦亮眼睛別被騙，更是應該要求信徒保

持清醒的頭腦和獨立思考的能力，才能更快靠近我們想要的智慧和真相。而更接近真相的，就是保持一顆赤子之心。天真如稚子者，不會輕易被紅塵的紛亂迷惑，因為他們沒有觀世之時，不帶偏見。

　　哲學的理性傳統是什麼？天文還是命理？

　　哲學在哪裡尋找生命的超越？是理性深淵的恍惚，還是主體的驚人一躍？

　　我覺得，這些最初都是相似的，都是虛靜狀態下的天心自然來複。就像我們在三十五歲之後修行的，是那一顆讓我們能安靜下來的赤子之心。

　　不求其全，但求其真。對這個世界保持一顆天真的童心，保持一顆敬畏之心，對那些我們不能理解的東西，摒棄掉偏見和固執，保持著心靈的開放和寬容。這個世界只有勇於天真的人，才能獲得最終的幸福，而那種幸福一定是完全出自於內心深處源源不絕的喜悅和長久的滿足感。

不確定性才是生命的真相

　　有一位朋友 A 小姐，有那麼一、兩年，諸事不順，生活、工作、人情世故三方面的重壓加身，讓 A 十分煩惱。持續處在這樣的壓力下，不禁對自己的人生和前途產生了懷疑。她向朋友求助，詢問她為什麼別人的人生看起來那麼順遂，別人的心智為什麼那麼堅定，而她卻要面對這麼多困難，甚至常常處於自我懷疑之中。

　　朋友告訴 A 小姐，如果你相信命理的學說，那麼可以說這是每一個人截然不同的命理呈現，這些基底的藍圖和模型資料，隨著你出生的那一刻已經定型，之後的，就是在各種條件和變數基礎之上的修正與波動。

　　如果你短時間無法接受命理的學說，那麼你可以把它看成：這是你的靈魂自動做出的選擇，因為你的靈魂主動選擇了困難的模式，所以你的人生才會有這麼多考驗。你看，哪怕是出生在同樣家庭的兄弟姊妹，他們的性格、人生軌跡也各不相同。因為在他們出生之前，他們靈魂之中的自我意識，已經幫他們做出了各自的性格和人生路徑的選擇。你遇到的每一個困

難，都是完善和鍛造你靈魂的必修課。

朋友的話，讓 A 想起了自己的父母和自己的家庭。她父母對她的期待很高，把他們認為好的一切都灌輸給她——可惜事與願違，她並沒有按照他們預想的方向成長，反而長成了現在的模樣。

某一天，望著窗外的風景時，她想，儘管和父母想的並不一樣，但是現在的她好像也沒有什麼不好。她想起了朋友告訴她的話，靈魂有自己的方向，雖然現在的她並不完美，但是這一切，似乎都是最好的安排。

父母和長輩總是想把他們認為最好的東西交給孩子，卻忽略了這個世界的動態和變化。

我們需要知道的是，「好」並非按照一套完備的技術指導思路操作，就可以完全實現，可以解決問題。人類養育孩子，孩子複雜的心智，要在一個與人的長久關係中慢慢生長出來，而這種生長又是極其脆弱的。

有著自由意志、能自我學習的人類，其未來本來就是具有某種不確定性的，不管是父母還是社會標準。社會標準是我們群居時所形成的一種共識，但是自我學習本身，就意味著每個生命和其他生命都有所區別，意味著某種不確定性，是一種難以被事先預設的「湧現」。我一直覺得，「湧現」比「生長」要好，因為它本身就包含了一種不確定的意味。

有意識的新生命並不是玩具，每一個孩子來到這個世界上，是給既有生命帶來一種新的關係，一加一大於二。用懷海德（Alfred Whitehead）的關係哲學表述就是：要把事物想像成過程，是一個個變化本身，構成了生生不息的實在。而每個新實在被創生時，多數實在變成了一個實在，且這多數實在又增加了一個實在。

　　而一個人的生長，產生複雜的心智，這種心智不可能透過自動訓練產生，除了靈魂之中的自我選擇之外，還需要經受其他心智的教育——因為複雜心智需要在與其他複雜心智的環境關係中慢慢生成。

　　因此每一個人生長時，周圍的關係只是為他提供了一種參照，而他真正的且唯一的競爭對手，只有他過去的自己。自己戰勝自己的縱向比較機制，就叫做「成長」，理應獲得巨大的成就感激勵。

　　在那些自由生長的孩子身上，我們很容易能觀察到他們富有激情、勇於探索的一面，因為他們的超我是靈活的、富有彈性的。

　　任何靈性生命的內在與外在，其實都是一體的，是相互被辨識和發生作用的，同時也缺一不可。父母給予的穩定，和生命內在的自我迸發相互作用，才能完成了一個人的自我塑造。

　　我們過去所謂的那種「孝順」——讓父母深度參與和操

控自己的生活，一定要把父母優先於自己伴侶和小家庭，對父母的話不分黑白地言聽計從，一人得道便要為所有親戚輸血……，都是毫無邊界感的表現，是在讓渡自己的獨立人格。這種狀態，其實已經被我們覺醒的自我意識在慢慢糾錯中了。

有文化的人，具有理性精神，可以自我認知反覆運算，會從縱向的歷史角度和橫向的跨文化角度，反思當下不合理的性別秩序、家庭秩序，意識到父母在某些方面的不足，反思並掙脫自己不幸原生家庭的桎梏，確立好人與人之間合理的邊界，重塑自己的獨立人格。

撫養子女，本就是一個帶著愛意漸漸遠離的過程。

深愛父母，但有底線；重視親情，但有空間。

孩子發展的下限，來自於父母所能給予的家庭教育；而孩子發展的上限，來源於他們靈魂生出迸發的生命「湧現」。

性情起時棄則悟，命近絕時明不捨。理性的父母，也會更注重自己的獨立人格，不會把自己的人生價值都依附於子女，會和子女保持一定的心理距離。教育首先是教育者的自我教育，高貴和美無法從卑劣中產生，如果我們希望孩子能成長得更好，那麼我們這些培育者首先就要具備道德感。

人生是開放的，生命在延續，所有熱切生活的人，所有充滿可能的未來都還在發展。

真正的修行不在山上，不在廟裡，而在社會中。

我們每個人都在修行中生活，也在生活中修行。生命是一次有去無回的奔赴，人生是一場永無止境的修行。

自然界的多樣性與神奇，是用億萬年的時間演化而成的，人的進化也花費了數百萬年，假如有超人的存在，他首先也必須經受一個不那麼短暫的時間。而時間帶來的，是不可替代的經驗。

最後，我想用一首紀伯倫的詩歌來作為文章的結尾：

你的孩子，其實不是你的孩子，

他們是生命對於自身渴望而誕生的孩子。

他們透過你來到這世界，

卻非因你而來，

他們在你身邊，卻並不屬於你。

你可以給予他們的是你的愛，

卻不是你的想法，

因為他們自己有自己的思想。

你可以庇護的是他們的身體，

卻不是他們的靈魂，

因為他們的靈魂屬於明天，

屬於你做夢也無法達到的明天。

你可以拚盡全力，變得像他們一樣，

卻不要讓他們變得和你一樣，

因為生命不會後退，也不在過去停留。
你是弓，兒女是從你那裡射出的箭。
弓箭手望著未來之路上的箭靶，
他用盡力氣將你拉開，
使他的箭射得又快又遠。
懷著快樂的心情，
在弓箭手的手裡彎曲吧，
因為他愛一路飛翔的箭，
也愛無比穩定的弓。

預知未來的能力

因為修行的緣故，經常會有人來向朋友 A 君做諮詢。一段時間後，朋友發現，向他諮詢的人主要分為兩種，一種是能充分理解命運內涵，對外部世界和自我看得比較清晰透徹的；一種是那種不求甚解、曲解 A 君意圖，想要不勞而獲滿足自己世俗欲望的。

其實，命理也是一門精神的學問，要瞭解命理，首先要瞭解自己。但是，人是一種特殊的生物，因為人的命運除了和靈魂的先天選擇有關，還和後天的自我修行、我們與這個世界的交流有關。因此，要瞭解自己的命運，需要學習這三個方向的知識，但是學習這三個方向的知識之前，首先要明白一個道理：真經一句話，假經萬卷書。

從字面意義上來看，這句話並不難，但是真正要理解這句話的內涵，卻不是一個小工程。因為大多數人都是自戀的，就像每個人坐上賭桌後，都認為自己會贏一樣，人總是覺得自己的運氣和能力優於別人。所以很多人在領悟到一些道理的時候，都覺得自己領悟到的是真理，更有甚者，認為學習只要學

一句話就可以了，少有人能去辨析出這句話的語境、前提和出處。

　　其實這句話是「真經」點題，來向世人言明「大道至簡」的真理。

　　大道至簡，是道家最早的思想追求之一，講的就是「為學日益，為道日損」。假傳萬卷書，講的是為學日益，孜孜不倦讀假書都讀破萬卷的學者精神。只有讀過萬卷假書，並和自己日常的行動互相印證，才能明白一件事情背後的真相。萬卷書，是形容學者練習的次數之多，和鑽研之艱深。

　　真經一句話，講的是為道日損，身體力行化繁為簡的修者能力。用一句話概括複雜的道理，那是修者道行的體現，不去體證如何去偽存真？

　　一個只讀了一本書的人，無法辨別真假，就像一個沒有用行動驗證自己認知的人，不明白自己思考的方向到底對不對一樣，因為，行動也是思考的一部分。一個只學不行的人，對於別人告訴自己的道理，連真假也分不出來，又怎麼可能在卷帙浩繁的假書之中，找到自己的那卷「真經」呢？

　　因此，很多人在理解這句話的時候，都是透過斷章取義的方式，甚至，他們需要斷章取義，因為他們口中的真理，只是他們安慰自己的一句話，他們真正需要的，是一個無需付出的結果。

所以，他們的命運自己很難看清，也很難把握，在抵達真正的真理之前，他們需要為自己的認知付出很大的代價，有時候，這個代價不一定每個人都能承受得起。

　　他們不是從自己的特性出發去觀察自己，而是從欲望出發，從世俗的角度出發，認為自己一定能做到什麼事。因為沒有自我對命運的認知，所以他們一定需要跟風，跟風才能安全。

　　但是對於那種能夠認知自己未來方向的人而言，他們不需要跟風，而是可以先人一步去創新，因為創新才能創收。人一定會創新，也一定會跟風，就像一定有人走在前面，也一定有人走在後面。說句俗話：「人生是一場沒有回頭路的旅程。」或許在這場旅程之中，如果具備一定的條件，人遲早都能認清自己，但是這個早和晚，對個體的命運而言，意義非常不同。

　　如果一個人像那些找我朋友 A 君詢問的人一樣，能接受自己的現狀，並透過認知和理解命運，知道自己什麼能做到、什麼不能做到的話，那他們仍舊能獲得相對較好的生活。最怕的是很多人明明意識到這一點了，卻不願意接受。

　　不論是誰，都有一個認知世界和自己的過程，這個過程是無法傳承的。這就導致大多數人不知道自己擁有什麼，不知道自己是誰，也就容易被誘導。他們浪費了自己的資本，做出錯誤的決策，追求了不屬於自己的人生，付出了巨大的代價。

認識自己和思考世界，這個過程是不能被替代的，能被替代的，只是身外之物，必須要經歷那種痛苦，才能達到那種成就。

　　不出戶，知天下；不窺牖，見天道。其出彌遠，其知彌少。是以聖人不行而知，不見而明，不為而成。

　　只有自身才能明白，自己是否快樂，只有自身也才能緬懷自己的感情，只有自身完全直接受到自己喜怒哀樂的支配。一切可以讓他真正優越於他人的快樂和幸福，都只在皮囊之下罷了。

　　對於修行的人而言，真正預知未來的能力，皆因我們看到這個因果，從一開始，就努力一點一點做出了能夠修正方向、喚醒自己靈魂的改變。

天道如張弓

　　又是一年高考季，每年一到這個時候，各個學校門口便圍滿了形形色色的家長，在門口翹首以盼，希望孩子蟾宮折桂。這些孩子也將從這一次考試後，從同一所高中奔赴不同的人生旅程，擁有千差萬別的生活體驗。

　　學生時代，有時會因為校服的整齊劃一，以及各種統一化的制度，讓我們忽略了彼此間的不同。這種差距會在畢業後，隨著人事變遷愈發明顯，有人成了公司的小職員，有人回家接手父輩的產業，恍然發覺，原來從一開始，我們便擁有了不一樣的人生。

　　有些人生下來就在皇城之內，有些人努力一生，也未能摸到皇城的城牆。隨著年歲的增長，看到了越來越多的案例，難免會去思考人生的公平與否。實際上，我們都明白，不僅人生，宇宙中所有事情都是不公平的，不公平就是宇宙的本性，比如同樣是太陽光，地球有些地方的照射時間就長，有些地方的照射時間就短。

　　《道德經》有云：「天之道，其猶張弓與！高者抑之，

下者舉之，有餘者損之，不足者補之。天之道，損有餘而補不足。人之道則不然，損不足以奉有餘。」

以張弓射箭為喻，天之道，遠處有一個明確的靶心，箭頭高了就往下調整，低了就往上瞄準，處在一個不斷調整的過程，其結果是有餘則減損，不足則增加。人間一直以來就是不公平的，強者看似越強，弱者看似越弱，但這也並非是事情的全貌，面向陽光之時，永遠不能忘記背後的陰影，陰陽本就共存。

這種充滿宿命論的腔調，帶有一些社會達爾文的色彩，不公平是一種既定的客觀事實，就如同我們五根指頭不一般長一樣，並不是什麼壞事，正是因為我們五根指頭長短不一，才更方便我們抓握工具，進行精細的操作。

不公平不一定是殘缺，也可以是特點。

人無完人，每個人都有一些缺點和不足，如果把自己的缺點去和他人比較，必然落入下風，信心也會受到打擊，從而哀嘆於自己的弱勢和世界的不公平。然而我們是一個整體性的存在，也必然有自己的亮點和優越之處，放大自己的優勢，也必然有自己的幸福快樂。

這種不公平，其實也來自於我們自身的局限性。之前認識了一位熟撚八字命格的老先生，給人算盤後，命主常常會有很多不甘和糾結，他常給命主講的就是，一個人的先天八字只

能展示出一些關鍵時間點的提示，和人生發展的大致趨勢，不是一絲不苟的劇本，還有很多人為的想法和行動力，在其中發揮作用。

但，的確很多問題是命盤原局的問題，這是無解的，如果硬要去解，那必然是會失望的。然而就算原局不是那麼盡如人意，依舊有很多可以優化與提升的部分。換一種說法，就是個人的性格、環境和自身選擇，最終決定了很大一部分差異化的命運。

局限性是我們與世界對話中的阻礙，也是我們成為自己的一束光。所以從另一個角度來看，世界也是公平的。每個人都逃不過生、老、病、死，都只有這一世的機會，公平與否是對比出來的，苔花如米小，也學牡丹開。雖不能人人都像牡丹一樣花開富貴，但也都有綻放的權利。

世間沒有絕對的公平，與世界和解、做好自己便不枉此生。很多已成定局的事，後悔也沒用，人們應該接受和面對事實，不要消極生活，至陰中必有陽起。

天道之大，凡人之力難以抗衡；人道之深，俗世之身易受波瀾。遇到不平之事，接受便好，忿忿不平是不能改變既成事實的，出塵的心態和從本心的舉動，或許可以改變接下來的旅程。

我讀書時語文能力頗佳，至今都還記得，1998 修訂版

《新華詞典》有關冒號應用的例句是：「張華考上了北京大學；李萍進了中等技術學校；我在百貨公司當售貨員：我們都有光明的前途。」這句話每次看到都會心如觸動，光明的前途不是制式化和範本化的，而是多樣性且五彩斑斕的，每一種選擇都有其可取之處，每一場考試的結果，都是在把你引向獨屬於你的未來。

即便不公平是世界的本色，也不影響我們在這世間暢然肆意，品味酸甜苦辣的生活和多姿多彩的體驗，畢竟天道損有餘而補不足，這裡失去的部分，或許會以我們意想不到的方式又贈與回來，何嘗不是另一種驚喜。

世間的陰差陽錯從未停歇，我們總能在縫隙間擁有恰好的人生。

晉如鼫鼠

我有一位精通周易八卦的朋友 A 君，常常幫助他人問事尋方，結下不少善緣。但既然是問事，便會有好壞之分，心事得償所願者，往往笑顏逐開，千恩萬謝；推論不如人意者，就會眉頭微蹙，殷切的求教應對之法。人們在這方面是出奇的一致，難逃定法。

聽到的世事多了，也就多了幾分生活的感慨。一則是世人皆苦，這份苦不是皮肉之苦，更多的是內心之苦，人心總是對一些可望而不可及的事物抱有難以化解的執念，並圍繞著這廂念頭，繞出交錯縱橫的纏線。

自己不放手，他人無論是斧劈刀砍還是火燒水淹，都是無濟於事的。因而前來問詢，也算是給自己一劑湯藥，自我暗示，自我疏解。

另一則便是人當如種子，自我突破與成長。人世間的道理，說到底是十分簡單的，做人和種樹一樣。林清玄有過一句話：「有果必有花，有花必有芽，有芽必有種，有種必有果。因果輪迴，若把每一個當下當作一個種花好時節，隨時播撒正

念的種子，時時勤耕耘，才能來年常收穫。」

縱然人人都希望自己能得到上天眷顧，每每問事得吉，但人生不如意者十之八九，所以曲折發展才是世事常態。A君曾和我講過一個很有趣的卦象，晉卦九四爻。

《周易‧晉卦》九四云：「晉如鼫鼠，貞厲。算得上是凶卦。得此卦者，時運不佳，或有爭訴。粗淺得解讀，便是像鼫鼠一樣晉升，守正道也會有危險。」

所謂「鼫鼠」，是鼠類的一種，也叫「大飛鼠」或者「五技鼠」。王弼有注：「能飛不能過屋，能緣不能窮木，能游不能度谷，能穴不能掩身，能走不能先人。」

這種鼠，能飛飛不過屋，能爬爬不到樹頂，能游游不過澗，能挖洞可是挖的洞藏不了身，能走又走得慢。在蔡邕的《勸學篇》裡也有言：「鼫鼠五能，不成一伎。」看起來本事好像多，實際什麼都不精。

這確實是一種很危險的狀態，如果我們把人的一生中，所有的經歷與選擇都看作是一場修行與學習，那麼人可以分為兩大類型：淺嘗輒止和尋根究柢。

淺嘗輒止的人往往涉獵廣泛，在人生的遊樂場中四處玩耍，看似嘗試了各番滋味，實則更多的是量的疊加，似蜻蜓點水，走馬觀花；尋根究柢的人一般目標性強，人生像一架有軌列車，有一個潛在性的錨點，更加注重人生的縱深，喜歡挑戰

常識，不滿足於表面的現象，從而在某一方面專精，但也因無暇周邊風景而錯失美好。

這就是生而為人所要面對的一體兩面。我們説人生是曠野，應當肆意奔跑，只要在路上就是修行；但人生又需要有立身之本，否則會成為無根之萍、無本之木。

活著需要有一些長期主義精神。

長期主義必然是伴隨著部分犧牲和捨棄的，譬如為了保持聰明智慧的頭腦，需得不斷地學習輸入，從而減少休息與娛樂的時間；為了與相愛的人長久在一起，需得持續地經營與投入，從而摒棄部分的自我與私心。可以説是有捨才有得，也可以説是人生就是充滿了減法。人生不是一個永恆增量的事件，水滿則溢，月盈則虧。

吾生也有涯，而知也無涯，以有涯追無涯，殆已。

數千年前的感嘆，如今看來依舊如此，時間是如此的有限，我們難以在各個方面都面面俱到，想全面開花的後果，往往是全面無果。所以人應當在盡可能早的時候，確定好自己終身想要投身的事業與追求，從而一以貫之的去努力，擁有努力耕耘後的甜蜜果實。

張愛玲曾説：「出名要趁早。」除卻她説這句時的個人背景與心路歷程，許多後來的年輕人把這句話當成座右銘，激勵自己趁著年輕努力拚搏，早日在一方有所建樹，實現自我。

細想來，能踐行這句話的人，也是在年輕時就開始專注在某一領域才能有所突破，達到「出名」的成果。

所以我有時看到那些尚在年幼之時就被安排好道路的人，會感到一絲羨慕。他們無需左右碰壁、上下求索，就能安心的在一個領域深耕，他們生來便有著極大的成就可能，不會有成為「齟鼠」的風險。

只有我們這些有著諸多所求、又不知路在何方的普通人，才會在不知不覺中，陷入晉如齟鼠的境地。喜歡的東西太多，看似每條路都可以走，但實則不是因為能力強到可以條條大路通羅馬，而是反正是兩手空空無所有，走那條路都是亂數。

什麼都熱愛，或許就是沒有真心所愛。沒有真正心有所屬的事物，沒有真正心嚮往之的事業，沒有真正怦然心動的愛人，於是像一個稚童一般，四處探看，流年似水，時不我待。轉眼青絲花白，浮生暫歇。

找尋到自己的人生基站，才是人真正開啟自我，獨立自我於大眾的重要起點。人生真正的開場應該從個體的獨立算起，這個時期往往是帶引號的「學有所成」或迫於無奈的站向前臺，前者躊躇滿志，後者迷茫踟躕，不管哪一種，都是一種值得慶賀的開始，是自己開始走向完整自我的一個標識，是從庸碌之輩邁向高階的必要步驟。

《道德經》中有一句話：「獨立而不改，周行而不殆，

可以為天地母。」基本釋義是不依靠任何外力而獨立長存永不停息，迴圈運行而永不衰竭，這便是天地的根本。

人的根本亦是如此。若把這天地之母稱之為「道」，我們作為這天地自然間的一分子，自然也應遵循這萬物規律，遵照天地之道，將心中的根本投射到現實生活之中，讓其迴圈不竭，長久留存。

這是從更宏大的層面在討論：**人需要有一種不竭的內力去生活**。從個體的微觀層面來說，便是每個人都需要有對應的價值，才能在這個社會上繼續生活，從而進一步的探索自我，完善自我。

在這個過程中，自然會發現所謂價值，就是具有一技之長，可以同社會中的其他人進行能力交換，從而為自己提供物質保障和發展保障。

算是一種求穩的生存策略，但也是一種十分高效的生活智慧，我們雖說不去標籤化他人，但其實我們都會在心中，給自己及他人寫下各種各樣的備註，此人擅長社交、那人擅長寫作，這些高於平均水準的能力，不僅帶給了我們必要的生存保護，也在不經意時帶給我們新的機遇。

這也就是為什麼，許多人做事看起來毫不費力，做一行成一行，然而我們忽略了他不是一開始就嘗試這麼多領域，也是先有了一個強有力的抓手，再以此為自我攀登的階梯，讓自

己的花園慢慢花團錦簇，爭奇鬥豔。

　　這個先後順序，才是不落入「鼮鼠之困」的關鍵。

　　願大家都能找尋到自己內心的種子，從一朵花開滿天涯。

妄論因果

死有份，活無常

生命就是因果的展開和呈現

無常也無妨，只道是尋常

善惡與因果

死有份，活無常

莊子的妻子死了，莊子鼓盆而歌，歌曰：「生死本有命，氣形變化中。天地如巨室，歌哭作大通。」

後來，莊子最好的朋友和最大的學術對手惠施死了，莊子雖然說自己要堪破生死觀，但是在寫《天下》篇的時候，莊子念及惠施，還是不知不覺為他寫了五百餘言。

彼時莊子並未完全堪破生死觀，因為不論是在妻子死去的時候鼓盆而歌，還是在惠施死去的時候作文紀念，都是因為莊子心中尚有對人的感懷。莊子真正堪破生死關，是在自己離世之際，知道自己命不久矣，莊子的弟子想要厚葬老師，他卻拒絕了。莊子告訴自己的學生：「吾以天地為棺槨，以日月為連璧，星辰為珠璣，萬物為齎送。吾葬具豈不備邪？」

此時此刻，莊子才真正得脫，坦然面對生命，還用自己的行為，闡釋了一個真正的「道法自然」者，在面對人生無常時的姿態。

正如尼采所說的那樣：「人的精神要經歷駱駝、獅子、嬰兒這三層境界，人生才會走向完整。」先經歷駱駝在沙漠裡

穿行的歷練，在習得一定的技能、掌握一定的資源後，人才有可能蛻變成獅子；然後，一個人要真正得道，最後又需要回歸到嬰兒般的簡單和純粹。

但在現實生活之中，很多人的人生目標就是變成獅子，在很多人的內心裡，都認為只有變成了像獅子一樣的強者，人生才算完美，才能震懾周圍的人，盡可能積累更多的資源和掌控感。其實不然，如果一個人真的能理解無常，就會明白，一個人如果不能從獅子再復歸嬰兒，那麼他的人生終究還是不完整的。

正如一個沒有自私過的人，不可能心甘情願地奉獻；一個沒有驕傲過的人，也永遠學不會發自內心的謙卑。同樣的，一個沒有經歷過無常的人，不會學會敬畏這個世界，而是在「小我」的境界裡，以為一切都在自己的掌控之下。

只有經歷了無常，才懂得敬畏天地大道，才能知曉「滄海一粟」背後的含義，真正從心底認識到自己是個普通人，並在普通人的基礎上，從實際的角度出發去努力。

我常說，如果一個人看不到自己的缺點，那麼他對自己的認識，仍然還不夠全面。而一個人認識自己越全面，對自己的理解越深，在處理自我和世界的關係上，就會越圓融。

人性總是從簡單到複雜，再回歸簡單。我們總是在經歷人性複雜之後，感嘆哀莫大於心死，然後想要透過出世的方式

一勞永逸。但陽明先生曾經說過，心外無物，如果一個人在紅塵之中，不能安置好自己的心靈，那他遠離喧囂，內心也仍然無法平靜。

羅曼羅蘭曾經說過，這世界只有一種英雄主義，就是在看清了生活的真相之後，依然熱愛生活。

看清真相，擁抱不完美，接受無常，讓自己的人格變得完整，才是人生的真諦。接受無常並不是同流合汙，也不是憤世嫉俗，而是保持心靈的澄澈，洞悉事情背後的原理，獲得內心的圓融和自我和諧。

我一直覺得，要練就豁達心境，須得苦中作樂，理解了苦難和世事無常的人，才會真正明白什麼是謙遜。任何一件事想做好，都需要付出極大的努力，沒有行動過，就沒有敬畏，更沒有謙遜。只有意識到世事無常，人才能學會敬畏，才會明白當下自己所擁有的一切，都是可變化的。

有志，則斷不甘為下流。

有識，則知學問無盡。

有恆，則斷無不成之事。

懂得接納，懂得向死而生的人，才有不斷前行的勇氣，才有源源不斷的力量，雖不會像獅子那樣時時露出利爪，卻仍然有堅韌不拔的勇氣，和對抗世界的韌性。

真正的快樂是與自然相融合、與天地相感應的樂，是虛

無恬淡、怡然自得的樂，是無憂無慮的樂，是無聲無形的樂。

真正的強大是於無聲處聽驚雷，是內心堅定，是對事對物、對名對利，得之不喜、失之不憂、寵辱不驚、去留無意。

死有分，活無常，死亡是每個人確定的結局，無常是每個人要都要面對和經歷的人生，越早接受和理解無常的人，就越能更早更坦然地接受心靈的圓融完整。

生命就是因果的展開和呈現

　　修行之時，因為身體對周圍的感知異常靈敏，所以我時常把身體的感受，作為指示自己行為的風向標。

　　記得很早以前看過一本書，大概內容就是：我們的身體知道一切答案。身體的狀態裡，藏著我們的修行、認知和自我管理。

　　我們自己的感受，比一切外部強加給我們的要求都正確。比如我們的身體會告訴我，我們其實並不需要那麼多東西。

　　朋友去深山修行時，需要辟穀，每天只能吃三粒紅棗，飲一杯水，但是她發現在修行的過程中，自己不但不渴望食物，反而因為這樣的飲食而覺得通體舒泰。

　　在道家看來，我們的身體其實根本不需要那麼多東西，如果我們海吃胡塞，多餘的東西並不會轉化成營養，反而會轉化成不需要的能量，堆積在我們的身體之中，久而久之，就會影響我們的身體健康。

　　尊重我們的內在感受，就是尊重身體運轉的規律。按照規律去調理我們的身體，才能從根源上解決我們的問題。就好

像我們要判斷一個中醫的好壞，需要看他治病的理路一樣，以心眼觀之，幾句話便能知曉。因為中醫治人不是靠技法，而是靠心法。

用中醫治病，就是從根基上調理，和改變我們的生活習慣。一直以來，中醫強調的都是病理，而不是簡單的病症。譬如中醫認為的病，是一個動態的過程，不是簡單的病毒、炎症，那只是結果和症狀。

當今許多人對於身體和疾病有所誤解，認為病是一種症狀，其實不然，疾病是由人的情緒、觀念、生活方式，以及一些不當的身體干預造成的。

中醫的理念就是在告訴我們，我們身體的狀態也是一個動態變化的過程，我們呈現出來的，就是由原因引發的結果。要治理我們的問題，需要洞見因果，仔細聆聽身體內在傳遞給我們的感受。

我一直認為，以最本真的感受來調節自己的行動，才是對自己負責的狀態。我們當下對自己的放縱，可能在積累一段時間之後，會在我們的身體狀態上集中爆發出來，這就是我們疾病的結果。

從某種程度上來說，業障及因果和我們的生命相伴相隨，這跟迷信無關，而是從我們出生的那一刻，就已經定下了天命。我們在出生後呼吸的第一口新鮮空氣，我們啟動自己的血

液迴圈，我們朝向大腦開始搭建我們的神經元，都是天命的顯現。這一瞬間的磁場，決定了我們的神經元如何搭建，也就決定了我們的思維方式，這就是八字命理的原理。

每個人皆是以自己為核心，活在時勢之中。一個人的家庭是命理的起點，性格是命理的方向，自我認知和目標是命理的格局，選擇和努力程度是命理的結果。

精是物質，氣是能量，神就是資訊和意識。所以，尊重我們生命最本真的感受，讓我們的因果自然展開，然後在此基礎上調理它，才能讓我們找到自己最舒適的狀態。

尊重自己真實，是知行合一之道。這就好像你此刻想要飲酒，可以適當地去喝一點，不必拚命壓制自己的欲望，做一個違背自己意願的人。

為什麼有些人看著生活得不錯，但是會得某種嚴重的病，其原因是他努力在做一個好人，雖然行動善，但心不善，意識不善，所以內心的消耗和糾結，反而帶給他病痛。

孔子在《論語》之中說：「七十而從心所欲，不踰矩。」這個「不踰矩」，就是尊重自己本真的表現。當你有智慧去理解這個真相之後，你要承認自己，我不能成為一個好人，我寧願做一個真實的、不壞的人，這是真正的智慧。

最靠譜的養生辦法，就是做一個盡量天真的人，健康的源泉不在於身體，而在於心性。在《道德經》之中，有「**靜聽**

心音」之說，所謂聆聽心音，就是從心的感受，理解自己身體的節奏。

　　人生也是如此。人的狀態起伏，人的運勢有高低，最重要的是，在適當的時候做適當的事。生命就是因果的展開與呈現，知無常而心態如常，就是我們最好的修行狀態。

無常也無妨，只道是尋常

　　這幾日被上海的疫情鬧得共情感強烈的我，都有那麼一絲焦慮感。看著上海如此，我硬生生囤積了足夠一個月有餘的各種罐頭食品、食用油、冷凍蔬菜、肉類、衛生紙（對於衛生紙的緊張感，來自於 2020 年 1 月到 4 月在美國時的疫情體驗），還有一箱感冒退燒藥和各類維生素，甚至包括血氧機和氧氣機⋯⋯

　　一日，看到朋友發的朋友圈，植物園裡滿園的桃花開了，粉茵茵的一片，遠遠看去如仙境一般，如雲如霧，美不勝收。讓人禁不住希望，春天可以再長一點，再久一點。

　　王國維有一句詞：「君看今年樹上花，不是去年枝上朵。」我們以為花落還會再開，竟不知花開了千百次，卻再也不是從前的那一朵。你以為的年復一年，實際上年年不同。

　　一棵樹的一生，猶如人的一世。樹春繁秋萎，人盛年一過便不可重來。人生是一條單行道，許多時光錯過便不再有。我們常常懷念青春，懷念過往，因為有回憶、有遺憾，但事實是一去便無法回頭。所有的執著，都只是一時的妄念，走過

去了，幻念盡消；走不過去，當為劫數，紅塵路上另有一番周折。

只有在心中種下一株定然之樹，自性自悟，頓悟頓修，將無常當尋常，將有相當無相，方能解脫。似流雲來去自由，縱橫盡興。

《紅樓夢》中的《好了歌注》，道盡了人世無常。

陋室空堂，當年笏滿床；衰草枯楊，曾為歌舞場。

蛛絲兒結滿雕梁，綠紗今又在篷窗上。

說什麼脂正濃，粉正香，如何兩鬢又成霜？

昨日黃土隴頭埋白骨，今宵紅綃帳底臥鴛鴦。

金滿箱，銀滿箱，轉眼乞丐人皆謗。

正歎他人命不長，那知自己歸來喪？

風光得意總有時，跌宕起伏是人生。即便富貴鼎盛如賈家，也終究逃不過呼啦啦大廈傾，落得個白茫茫大地真乾淨。

每個人都有自己的人生課題需要面對，很多人在前三十年都順風順水，而立之年才遇到人生大考，不破不立，徹底擊沉，而到了不惑之年，經歷了更多的風雨之後，才能有徹底的覺醒與成長。

考驗不會缺席，只有早晚之分，在那些平淡的日子裡，靜靜修行自己的內心，當下境遇平平也罷，花團錦簇也好，都

應拋開外物來凝視自己的心智，修煉自己的定力，這樣才能在塵世變遷時，從容有致。

經典電影《阿甘正傳》裡面的臺詞，如今想起仍是充滿智慧：「Life is like a box of chocolates that you will never know what you gonna get.」阿甘的一生充滿傳奇色彩，他智商低，兒時被同齡人排擠，但日後他成為了橄欖球巨星、越戰英雄、乒乓球外交使者，中間也多次從零開始。

很多際遇對於智商正常的「聰明人」而言，或許一次就足以被打趴下，但因為他的智力低下，又或許是因為他的淡定，他經過了所有風雨，也取得了世俗的成功。

有一個詞叫「鈍感力」，我認為對於我們與生活和睦相處大有裨益。雖然我自己本就是一個極其敏感的人，但是也學習著和各種觸動神經的資訊，開始努力和解。這個世界瞬息萬變，無數的事件和層出不窮的變化，每一天都在一下一下地戳動我們的神經。

如果我們對每一種改變，都極盡敏銳力地去洞察和感受，會極大地消耗我們的能量和心力，從而在真正重要的事情上力不從心。這也是為什麼那麼多人喜歡阿甘的原因。因為他「笨」，他對很多事物的不敏感，這些不僅保護了他，甚至是他制勝的法寶。

人生是一本邊走邊寫的書，會有許許多多的意外和困難，

把每一滴墨滴落都看作是尋常，便能接納生命的無常。大部分熱愛文字的人，都是高敏感人群，或許很難對無常的人世變化無動於衷，但培養「鈍感力」，並不是讓我們對這些起起伏伏熟視無睹，而是有一種「他強任他強，清風拂山崗」的灑脫與不動聲色。

知曉這個世界的客觀運行規律，不做水中撈月、鏡中賞花的徒勞之舉，因為世界本就是未知的，人生不如意本就是十之八九的，無常才是這個世界的常態，對這件事了然於心。

因此，珍惜每一個當下，珍惜遇見的每一個人、每一件事，因為世間唯有變化永存，昨天日日相見的朋友還住在身邊，或許明天就遠赴異地打拚事業。不要沉溺過往，不要迷戀未來，我們所擁有的，只有剎那。

但珍惜沒有執著的意思，當你執著於某件事物時，你害怕失去而只想緊抓，忘記它最初出現的原因——富足你的生命，讓你活出生命的喜悅。每件事物都會隨緣而來、緣散而去，在一件事物離開的同時，會有另一些契機隨即出現。

只要我們處於內在的喜悅和富足狀態，生命的流動，總能讓我們處於宇宙的豐盛當中，我們也能從這種流動中發掘新的內涵，在人生越來越繁茂的枝杈上，找到新的歡喜。

無常也無妨，只道是尋常。

善惡與因果

　　近來讀國學著作似乎觸了禪機，再看這世間的好事壞事、好運歹運，彷彿有了不一樣的感受。禍福無門，惟人自招，可以說是一切運勢的總結。

　　經常聽到一句話：「好人不長命，禍害遺千年。」似乎做好人並不一定會得到好報，還不如縱情肆意，不管明天的去隨意揮霍。但事實當真是如此嗎？上天有一把隱形的度量尺，衡量著我們每一個人的行為，在我們不知曉的情況下，已經暗暗記下一筆人生帳單，不是不報，時候未到。

　　這時候，一定會有一些反對的論斷。譬如「麻繩專挑細處斷，厄運專找苦命人。」厄運往往疊加著厄運，淒風苦雨更兼屋漏牆頹，我們看到這些落魄的人也會感慨，他們又做錯了什麼？要承受如此大的命運折磨，世間作奸犯科的人那麼多，為什麼他們卻還逍遙自在，樂得似神仙？

　　《涅槃經》中有言：「善惡之報，如影隨形，三世因果，迴圈不失。」佛家將果報分為三種，現報、生報和後報。現報就是今生做善事，今生享福報；生報是父母積陰德，子孫享福

報，或者今生作惡，來生受苦；後報是現在作善作惡，到了第二世、甚至百千劫後才會受到報應。後兩種雖然我們今生看不到，但卻是真實存在的，善惡到頭終有報，只爭來早與來遲。

這其中有一個「積」的過程，無論是積善之家，必有餘慶，還是所謂積土成山風雨興焉，積水成淵蛟龍生焉，一個人的果報，是長期累積的結果。

人生其實就像一場對戰上帝的單機遊戲，我們每個人的出廠預設值本就不同，有人生於富貴之家，有人生來被棄如草履。同樣是 5000 積分可以兌換一張幸運卡券，有人生來就能隨意置換，有人卻要行善積德大半生，才能擁有一場屬於自己的風光時刻。

看似不公實則至公，問題是你這個帳號不僅僅屬於你，它在之前屬於你的前世，再往前屬於你的前前世，每一輩子都積極闖關，行善賺取積分，自然比前幾世濫情妄為，把帳號儲蓄耗空乃至負債，要過的好得多。只是我們每次重新上線，都會忘記前世的記憶，又從一個稚嫩的新人開始通關。

因而我們早一點看透因果迴圈，明瞭善惡報應，便更能在當下的人生中，做出選擇與決定。

「勿以惡小而為之，勿以善小而不為。」這句話大抵每個人都在學生時代誦背過無數次，或許在成年後的人海浮沉中，有一些模糊了回憶，但這種向善懲惡的傾向，卻深深地烙

印在我們的行為模式當中。我們潛意識中，自然信任我們做的善事會形成正向的流動，或許不會現報在我們身上，但隨著累積效應的增加，終有得到大獎的一天。

早一些懂得因果迴圈，便可以利用這個規律，為實現自己的理想抱負創造更好的特定條件。

我們積福積善，難道就僅僅是為了賺取積分，獲得一個現世好運或者福祿雙全的下一世嗎？自然不是，量變產生質變，所謂「贈人玫瑰手有餘香」，幫助他人的事情做得多了，格局也會隨之擴大，境界開闊後，人生便不只是拘泥於自己眼前的一畝三分地。

就比如許多得道高僧，其一心想要傳播經法、普渡眾生，他做這些事已經不是單純為了自己的福報了，完全是出於一個為人為世的佛心，這就是大格局。得「道」，便是對業因果報的進一步理解昇華，以人世間為一個整體單位，在為人處世，自己多做一點，人類這個群體，或許就能多一點來自上蒼的溫柔與愛護。

厚德載物，必是先修煉出足夠扎實穩定的德行，才能承擔得起這度化萬物的責任和使命，與其說是能力越大、責任越大，不如說是德行越大、責任越大。修行自己的性格、自己的眼界，境界提升後，會有一番撥雲見山的欣喜與寧靜。

這份寧靜在於，看到德行有失的人依然過著有滋有味的

生活，不會憤恨不公；看到善良的普通人又因變故生活雪上加霜時，不會一味哀嘆。而是覺得我也能做些什麼，除了提供物質上力所能及的幫助，更多的是一種內心的信念，那便是人世間的善惡有份、好厄有跡，看似隨機，實則精心，我這一世但行好事，不問前程，隨緣不隨命，命由天定，亦由我主。

　　種瓜得瓜，種豆得豆，因果迴圈，周而復始焉。

何以人生

人生最大的意義，在於為生命賦予意義

生活之中的意義感與點滴的慈悲

蜉蝣之羽，衣衫彩彩

人生最大的意義，在於為生命賦予意義

暢銷書《被討厭的勇氣》講過一段話：

「青年」說，他的祖父在養老院臥病的最後階段，因為認知障礙，連自己的兒孫都不認識了，若是沒人照顧他，他可能就根本活不下去。因為「哲人」前面說過「對別人有用才有價值」，如果按照這樣的標準，他的祖父眼下已經「對別人沒什麼用了」，所以，他的生命是不是也沒有什麼價值了？

「哲人」給出的答覆是：**不要用「行為」標準來看待生命的價值**。最簡單的例子，如果你的親人出現意外，陷入昏迷甚至有生命危險，這個時候，你根本不會考慮他「做了什麼有價值的事情」一類的問題，你所有的注意力都會被親人是否還能活著這件事所吸引，只要能活下去，別的都不是問題了。

這段話讓我想起了我很早看過的一部電視劇，電視劇的名字叫《一公升的眼淚》，這部電視劇講的是一個患了罕見病的女孩池內亞也和命運抗爭的故事。

池內亞也高中時，被診斷出患有罕見的脊髓小腦變性症，手腳自主活動與語言能力逐漸喪失。在得知自己遭此不幸時，

她曾經感到抱怨過，也哭泣無助過，但是最終她還是選擇了勇敢面對。

為了鼓勵自己，她開始寫抗病日記。隨著病情的加重，她的肢體活動能力也越來越差，但是她始終堅持寫，每天寫，一字一字地記錄著外面的風景，身邊人的煩惱、醫生給她的鼓勵……當然，她也寫下了自己的情感，自己在面對病痛時的惶恐，和決心對抗病痛的勇氣。

一直到生命的最後一刻，池內亞也才停筆。

只活了二十幾歲的池內亞也，還有很多事情沒有來得及去做，但是，她用她手中的筆和寫下的文字，鼓勵了很多人去和人生抗爭。

空谷幽蘭，不涉人間，也貢獻了美麗和芬芳。只要我們活著，我們就必然會死亡，不論是普通人還是帝王將相，都繞不開這個規律。死亡，雖然對人而言是不幸的事情，但是對宇宙和天道而言，只是一段規律的體現。

但是從人類身上，我們可以看到生命的潛力是多麼巨大，哪怕死亡就在眼前，我們也要像頑強地過好自己的每一天，在活著的時候，像煙火一樣，綻放最耀眼、最絢爛的光芒。

人生充滿不確定性，誰也不知道明天和意外哪個先來，我們篤定自己的道心，不是為了逆天而行，而是為了在意外來臨時，我們能擁有對抗意外的心境，能接受生與死的無常，把

此生看成是人生的一段旅程，到達彼生前必經的一段路程。

每次在我看到關於生與死的思考時，我就會問自己：

如果今天是一個人生命的最後一天，那麼他還會背井離鄉，遠離親人和朋友，為了錢在外面漂泊嗎？

如果今天是一個人生命的最後一天，那麼他還會因為自卑和害羞，不敢對自己愛人說一句話我愛你嗎？

如果今天是一個人生命的最後一天，那麼他還會因為一點小過節，在心中和言語上怨恨自己的親人朋友嗎？

我相信，如果真的到了生命中的最後一天，很多人都會認真思考自己的人生，開始真正關心自己內在的感受，去幹那些不讓自己留下遺憾的事，去欣賞一直沒有來得及欣賞的風景，去愛自己還沒有來得及愛的人。

很多事情，或許只有到了真正的最後時刻，我們才會有動力和勇氣去改變。

就像我在拙作《孟婆傳奇》系列之中所寫的那樣：**死亡只是人生的另一端旅程的開端。**

我們在此生最重要的事，是尋找到我們自己人生的意義。面對命運帶給我們的痛苦，我們努力抗爭對抗，堅強和陽光不僅圓滿了自己，也慰藉了家人，也感動了陌生人。

其實，我們生下來的時候，並不知道我們人生的意義。我們人生的意義，就在於尋找意義，為生命賦予意義。意義感

是人區別於動物的核心，生而為人，我們從來不滿足於只是活著呼吸空氣本身。

愛過，活過，才能點燃生命的本真，在這個世界留下我們作為一個人最好的證明。

生活之中的意義感與點滴的慈悲

　　我二十多歲時，看過一部日劇名字叫《一公升的眼淚》，這部電視劇講的是一個患了罕見病的女孩池內亞也和命運抗爭的故事。

　　池內亞也高中時被診斷患有罕見的脊髓小腦變性症，手腳自主活動與語言能力逐漸喪失。在得知自己遭此不幸時，她曾經感到抱怨過，也哭泣無助過，但是最終，她還是選擇了勇敢面對。

　　為了鼓勵自己，她開始寫抗病日記。隨著病情的加重，她的肢體活動能力也越來越差，但是她始終堅持寫，每天寫，一字一字地記錄著外面的風景，身邊人的煩惱、醫生給她的鼓勵……，當然，她也寫下了自己的情感，自己在面對病痛時的惶恐，和決心對抗病痛的勇氣。

　　一直到生命的最後一刻，池內亞也才停筆。

　　只活了二十幾歲的池內亞也，還有很多事情沒有來得及去做，但是她用她手中的筆和寫下的文字，鼓勵了很多人去和人生抗爭。她用她的行為證明了自己曾經存在過，曾經用盡全

力去生活過。這樣強大的生命力是不容小覷的，雖然這股生命力的物理值最終清零，但是能量卻不曾消失。

正如空谷幽蘭，不涉人間，也貢獻了美麗和芬芳。我一直認為真正的生活之中裡面沒有敵人，生與死，已經算是普通人人生之中最重要的兩個課題了。

除了生死衝突，其他的時間裡，我們都和生活如此近距離地糾纏在一起，導致我們的情緒都被切割，即使想要找出一個真正的敵人來讓我們進行情緒的宣洩也很難找到，因為生活是瑣碎的，沒有劇烈的衝突，就無所謂真正的輸贏。

因此，在真正的生活裡，死和生只是句點，不是答案。我曾經看過一段 J.K. 羅琳關於創作時的訪談說：「對死亡界限的尊重，是最重要的慈悲。」

彼岸世界與現實世界的距離，與人與理想世界的距離一樣遙不可及。

對生死規律的尊重，是一種了悟之後的透徹。在很長一段時間裡，人、神、鬼之間，其實並無太過明顯的界限，只不過，隨著我們心中浪漫的消亡與隕落，我們慢慢地活在另一方天地而已。

事實上，生活本身就是混沌的，真正的生活裡面飽含著創痛、隱忍和無奈，並不像那些勵志片，相信付出必有回報。我常與人言：付出必有回報的是好命的人，確實也有很多時候

付出並沒有回報，但這並不代表就可以因此不再付出。

對生活的熱愛，從來都不在口號上，而在一飲一啄、一飯一蔬之中。真正抵禦生活庸俗的，不是口號，而是理解生活之後的慈善和悲憫。一個擁有慈善和悲憫的人，始終會相信這一點，同類雖然稀少，卻是存在的，只是它需要你極大的耐心。

記得我一個朋友在其親人逝去之後，曾經寫下過這樣的句子：「一家人在一起生活，就像在船上同行一樣，我們一起抵禦風雨。然後，人生總有意外，人生海海，苦盡未必甘來，每次親人離去，和我一同抵禦風浪的人就又少了一個。」

家庭框架給予我們的，是一種穩固卻又粗糙的安全感，它是每個人生命的基座。然而，我們要真正獲得慈悲，仍然還需要生活的磨礪，我們需要理解生活之中那種無序的痛苦，才能真正理解生活之光。生活之光是什麼呢？它是一種漫長的瑣碎，是我們的日常。

就像池內亞也寫下的那些日記一樣，我們必須非常耐心地去度過每一個坎，我們必須靜靜地等待著，必須非常耐心地觀察我們身邊的人，經營我們的關係，才能捕捉到太陽落下從海平面降落時，偶發那種奇異的景象，才能找到我們人生真正的意義。

生活從來就是這樣，不是全然的好，也不是全然的壞，我們身處其間，不一定有澎湃的感動，但是也不乏驚喜的浪

花。如果你喪失了耐心，那你就失去了見到奇異景象的機會，那麼童話也就不再存在；而如果你有著這一份耐心，那童話對我們而言，就是現實。

因此，只有懂得生活的人，才會尋找到屬於自己的意義感，因為這種懂得，我們才能重新審視那些恆常的風景，重新喚起我們內心沉睡已久的浪漫，讓我們相信有更美好的可能。我們所遇到的苟且，皆因我們放棄得太早。

生與死的界限，只為那些相信無常的人存在，那些觸及靈魂的體悟，也只在有著這一信念的人們心中才有可能。

蜉蝣之羽，衣衫彩彩

　　清明時節，每日清冷的陰雨，總讓人心情舒暢不起來。想到東航 MU5735 空難至今過去了半月，時常腦子裡會冒出這麼一個問題：如果生命只剩一天，你會怎樣度過？

　　《詩經・國風》裡寫道，蜉蝣朝生暮死，但牠衣衫彩彩，絢麗燦爛。難道蜉蝣知道自己只能活一天嗎？換言之，對於我們人類，如果有一個更高維度的生物，或者說是造物主，看著我們每天庸庸碌碌、喜怒哀樂，是否也會嗤笑，只能活一天的人類，做這些是幹什麼呀，何必呢？

　　但，這就是在追溯生命的意義啊！

　　生命的意義之一在於：**目標感。**

　　有位教授曾說，現在許多年輕人都容易出現躺平的想法，躺平不是能力問題，而是態度問題，是一種拒絕下場的姿態。

　　因為他們不像上一代人，還掙扎在溫飽線上，他們在追求自我實現、愛與尊重的路上，發現難以實現，發現生命的底色如此悲涼，從而選擇了躺平。

　　只有目標感才能讓生命充滿活力。目標是一個很具象的

詞語，但不一定是一個很具體的事物，目標也可以是我希望按部就班地體驗每一天，抑或是我想看看這個世界會發生什麼有趣的事情，這些都是一種目標。這種目標感其實更像是一種自我和諧，讓我們可以在有限的時間、有限的能力範圍內，有意義地、不荒廢地去度過自己有限的時光。

生命的意義之一在於：**包容感**。

蜉蝣朝生暮死，夏蟲不可語冰。同樣是生命很短暫的昆蟲，我們卻從完全不同的角度給予解讀。很多事情我們沒有辦法改變，但並不影響我們從中發掘別樣的魅力。

《莊子‧齊物論》中寫道：「物無非彼，物無非是，自彼則不見，自知則知之。」世界上任何事物都是相對的，在我方看對方，對方便是「彼」，自己看自己便是「此」，所以才有彼此的分別。世間萬物都是一體兩面的，我們要用全面的心態，認識客觀世界。

包容這個世界上的紛彩，也包容紛亂，善待自己的不足，不過分苛責自己，在有限與無限之間，我們也只是一介凡人，無法在所有方面登峰造極。有容乃大的胸懷，更容易讓我們愉快地行走。

生命的意義之一在於：**遺憾感**。

人有一個認知特性，叫選擇悖論。

每個人的經歷和認知都有其局限性，永遠不可能掌握所有

的資訊，做出的選擇，都是基於自己當下的情形做出的決策。

我們永遠都會好奇另一條路上的風景，不是因為這條路不好，而是因為另一條路沒有走過。愛而不得也好，情非得已也罷，如同張愛玲所言的蚊子血與朱砂痣，永遠縈繞在心間。

也正是因為這一份遺憾感，讓我們會去思考生命的更多可能性。我們知曉人生有許許多多的岔路口，也明瞭自己不過是走在眾多的選擇之間，我們才會有意識地去觀察他人的生活，去閱讀更多的書籍，從一個旁觀者的角度，去拓寬人生的廣度與深度。

人的一生何其短暫，但從來也不應因為生命的長短而渾渾噩噩，恰如蜉蝣之生，雖短而燦爛。時間的度量只是一種維度，生命本來就不是兩點一線，而是立體多元的，每個人所認知的生命與體驗的生命都截然不同。

我們常常認為，只有青年人的生活才算生活，因為青年人朝氣蓬勃，充滿著對世界的探索欲與參與感，他們好似無牽無掛，旺盛的精力讓每一件事都充滿了無限可能與未來。而對於老年人，因為身體的衰弱和多年生活的重壓，多數人已經變得對生活不再充滿興趣，乏善可陳地過著每一天。

事實上，有一些人在青年時就已經老去，而有一些人在古稀之年仍是青年。這其中的關鍵，在於有沒有一直保持求知欲、好奇心、探索欲與持續學習的能力。

　　這種學習的能力，是一種與生活本身的強連結，讓人類與這個世界保存相對同頻，不斷探知的重要手段。身體的年輕與否，在如今已經不足以成為阻擋我們感知生活的主要因素，思想與心境如何才是關鍵。

　　實際上，生命本身是沒有意義的，這句話聽起來十分難以接受，但卻必須得正視。當你凝神觀看的時候，千千萬萬像自己一樣的人，在這個地球上靜靜地生活一段時間，然後靜靜地消失了。這種情形，既恐怖又美麗，既壯觀又無奈。

　　每個人一生汲汲以求的，就是生命的意義，但無數的哲思、無數的拷問，並不能為生命賦予意義，因為從宏觀來看，從生命在宇宙當中的位置來看，人無論如何，是找不到生命的意義的。人唯一自我安慰的辦法，就是為自己的存在自賦意義，找到自己喜歡的價值去追求，確定自己個體存在的價值，生命的意義，也在這種信念下變得具體而真實。窮極一生，每個人也不過是過好自己，在此基礎上，在歷史長河中，或許留下一星半點的痕跡而已。

　　正如泰戈爾所言：「生如夏花之燦爛。」便是我們蜉蝣人生的炙熱與活力了。

修行之美

「一念之間」的力量

心如泉湧，意如飄風

身法、心法與技法

至虛極，守靜篤

善護念

「一念之間」的力量

　　《十三邀》節目之中，許知遠邀請了原北大教授錢理群老師，在談及錢老為何要辭去北大教授一職時，錢老講述了發生在自己和學生之間的一件事。

　　錢老說，有一次在和學生的座談之中，學生談及了一個和自己不一樣的觀點，當時出於尊嚴和情緒，錢老在座談中稍稍駁斥了一下這名學生。事後冷靜下來的時候，錢老覺得十分後悔，反思自己時，他覺得在這件事發生的過程裡，他無形之中，似乎也成了一名壓制別人的權威。

　　他不願意成為這樣的人，所以不久之後，便辭去了北大教授一職。對錢老的選擇，很多人都表示不理解，因為這個世界上的大多數人，都習慣從他們理解的表像上看問題。更多的時候，人們評價一個人時，會參照他的社會成就、人生功績，而不是一個人內在的品格。

　　事實上，作為一個修行的人而言，我一直嘗試告訴讀者的就是，一個人外在的狀態，其實是由內在品格的變化帶來的。內在的修行，是我們改變自己的基礎和根基，外在的東西，只

是我們改變了自己的內在之後，隨之而來的獎賞。

　　韓國電影《觀相大師：滅王風暴》之中，有一段對命運很好的詮釋。電影表達了一個觀點，有些觀相師以為看到了未來，就能掌控未來，這其實是一種誤讀。因為觀相者，也只是未來的一個環節。一個確定的未來，包括很多不確定的未來因素，人的局限讓他目光短淺，不可能洞悉所有的變數因素。

　　但是也並非說人的命運就不可更改，在劫難到來之前，我們洞悉了我們性格之中的致命因素，並且改掉了那些致命缺陷，或者可以防範於未然，避開那些致命一擊。這種得到洞悉自我的時刻，並決定改變的意念，就是明悟的瞬間。

　　真正意義上的修行，並非是命運的語言，而是透過行動自我改變。預言只是命運的一部分，很多時候，人是因為預言坐實了自己內心的欲念，才反而促成了命運的實現。

　　所以，修行的大多數時候，我們修的是自我的判斷力，讓自己成為命運的洞察者。這種明悟，是需要以自己的過往和這個世界的他人為參照的。就像錢老看見了和他觀點不同的學生，他明白了自己身上北大教授的權威屬性，他選擇了急流勇退，在普通人的角度上，繼續進行自我修行。

　　從某種意義上說，是預言實現了預言，但是預言本身並不會憑空而生，在預言背後，是一系列因果迴圈在交織起作用。禍因惡積，福緣善慶，種什麼因，就會得什麼果。正是種下的

因，決定了一個人會生於這個世界，而我們的行為和選擇，又最終推動了果報的實現。

當然，也有很多人說，一個教授能做出那樣的選擇，那是因為他有足夠生活無憂的資金，要是我有了這些條件，我也能做到這樣。

其實並不然，一個人能說出這樣的話，就是因為他們還沒有理解命運是一個集合體的概念。財富只是人生的一個單一因素，錢只能解決錢能解決的問題，但不能解決人生的其他問題。

正如那句常說的話：「能用錢解決的問題都不是問題。」很多人之所以認為財富能解決一切，就在於他們並沒有感受生活的複雜，也沒有洞悉人生的本質，所以他們洞悉不了影響自己命運的根本因素，只能把所有的問題歸因為沒有足夠的財富。

要解決人生的其他問題，需要從綜合因素上瞭解自己的命運，瞭解這個世界。需要有向別人學習的心，需要從別人的命運上，洞察到他人的因果，然後心生敬畏，改變自己的惡因。

善和惡，皆會從此處開始，只是，種下的是善念，最後收穫的就是善果；種下的是惡念，最後收穫的就是惡果罷了。

修行的人當然也會經歷生活的磨難，也會缺錢，但是修行到一定階段的人，相對的能處理好自己和他人、自己和世界

的關係，會從細節之中，洞悉自己未來的命運，在悲劇還未發生之前，就慢慢改掉可能會影響自己人生的那些缺點。

就像總有一些人能勇於突破自己人生的設限與天花板，而這種人雖然只是極少數，但是他們身上所蘊含的力量與自我奮進的動力，都讓人欣賞。

從這個角度上說，改變命運並非不可能。

心如泉湧，意如飄風

有人問我，為什麼別人的生活看起來那麼輕鬆，像沒有什麼煩惱一樣。

我安慰她，成年人的生活中從來就沒有「容易」二字。生活是複雜的，你看到的永遠只是一個面，另一部分，可能別人沒有展示出來。

比如我的朋友 A，經常會在朋友圈發一些自己的近況，總是看起來過得非常不錯，如果你只看她的朋友圈，你可能會感受到滿滿的幸福。那是因為她是個樂觀的人，在朋友圈裡，她全發最美好的事，比如她在市中心最繁華的地方探店、讀書、寫東西、做家務，或是去參加一些戶外的活動等等。

因為我跟她關係不錯，可以瞭解到她生活的各個方面，所以我知道她實際上非常累。她勤奮上進，雖然身體不好，但是仍然堅持工作，堅持提升自己，努力學習新東西、研究新東西，也經常會因為輔導孩子作業而感到焦頭爛額，但是她從不朋友圈寫這些「負能量」的生活經歷。

所以，如果你只是從朋友圈或者表面上觀察別人的生活，

你就會以為像我朋友這樣的人人生沒有瑕疵，每天都很有意義、很快樂。

因為我的朋友 A，從來不願意輕易展示她痛苦的一面，而且她跟我一樣，有事也很少會跟人傾訴，而是盡可能地自我調節、自我管理，盡量不讓這種情緒傷害到自己或者傷害到別人。所以，當你看到某個人生活安適、情緒穩定的時候，你會感到很快樂，是因為她們已經內化了這種痛苦。

對堅強且心中有信仰的人而言，不管是好的經歷還是壞的，都被她內化為滋養學識與心胸的養分，忍受常人所不能忍受的折磨，最終獨自綻放成一朵帶著幽冷寒香的奇花。

生活是非常複雜的。我常常對向我求助的人說，很多問題，並不是當下造成的，而是在多年前種下的因，因此，大部分問題也不能很快就解決，需要從前因去尋根追溯，找到解決問題的辦法。就像出水的蓮花，世人只看見它在水面上的風光無限，卻看不見蓮花紮根式的寂寞與忍耐。

同時，生活也不是靜態永恆不變的。就像我在《孟婆傳奇：沅宸篇》中寫的沅宸那樣，她經歷的種種生離和死別，對常人來說，那幾乎就是全部了。經歷其中的任何一件事，都足以令人枯竭，但是對沅宸來說，她不僅僅可以活下去，還能把愛和寬容繼續下去，即使只是孤零一人。在我筆下的女主角之中，我還是頗為偏愛她和墨舞。

人的一生要遇到很多風險，有時候遇到危機，我們覺得很痛苦，那是因為我們自己已經先放棄了，我們認為自己沒有能力度過這個危機。覺得別人的人生狀態可能比自己更好，這其中本來就包含著一種隱隱的抱怨，因為覺得天道不公，覺得自己比別人更辛苦，付出得更多，但是卻沒有得到自己該得的。

　　其實，我們覺得某件事很完美，那可能是因為我們平時都只看到它當下的狀態，一個人的人生比較順利的時候，我們無法透過現象去思考某件事的真因，從而就不能真正具備慧眼，也看不到轉折性事件。這個世界上，每個人大運都有起有落，並非每個人都能一直處在自己最好的狀態下，連帝王也不能。

　　道家講究陰陽兩極，放在人身上看，其實是人的成功和失敗對我們的整個人生來說，都是非常重要的，就像道家陰陽兩極的狀態，讓我們在不斷平衡調整之中，認清我們自己。只有認清自己，我們才能建構自己的價值體系，才能沿著這套價值體系，堅定不移地走下去。

　　記得那年在終南山，有位道爺對我說，只有成功才是成功之母，但是失敗是讓人成功的階梯。如果一個人總是失敗而不反思，那就不能成功。失敗之後的思考，尤其重要。

　　深究起來，其實我的很多社會經驗，全部來自失敗的事件，而不是成功的事件。一個人想要真正學到東西，只能從失敗中去觀察和分析，成功是無法體現這些細節的。

　　相似的簡單模式，有什麼可以學習的呢？我們當然是從差異化很大的那些錯誤之中，反觀和透視我們的不足。

　　挫折讓我們成長，讓我們看到自己還有哪些缺失的地方；碰壁讓我們思考，讓我們看清楚自己當下真正需要的是什麼。

　　人生大部分的時間，可能談不上客觀的幸福，但生活中偶爾的小幸福會不期而至，這才是一個常態。

　　不要害怕生活對人的磨礪，世間什麼愛最純潔，甘願化振翅紅蝶。

　　懂了背後的原理，我們才可以學習不要抱怨生活有多少坎坷不平，不要遇事就因為壓力太大而自暴自棄，不要抱怨平凡平淡耐不住一點點寂寞，不要執著愛恨離別、只要做愛的無私信徒。

　　修行的美，在於讓人更有韌性和更為博大，如水般溫柔，如水般深情，但在必要時她能掀起狂風巨浪。生活不是靜止的，心如泉湧，意如飄風，只要我們始終幹勁十足，不需要期待什麼好運，盡力去過每一天，便是成功。

身法、心法與技法

　　在網上看到了關於李安導演的兩件事，一件是李安導演去電影學院演講時，旁邊的人請李安對這些熱愛藝術、熱愛創作的人說幾句勉勵之語，沒想到一向和善的李安老師卻很嚴肅地拒絕了。

　　他拒絕的理由是，追求藝術的道路是一條艱苦卓絕、荊棘遍布的道路，如果一個人沒有內在的動力、精益求精的要求，是很難堅持下去的。如果一個人需要別人的鼓勵才能堅持追求藝術，那這個人或許從一開始就不適合藝術。

　　另一件事，是《十年一覺電影夢：李安傳》裡提過的，大概是李安導演成為了全球知名的導演之後，依然願意陪太太去買菜，願意在家裡做飯、打理家務，安安心心地做個「家庭主夫」。

　　這兩件事裡的李安，看似呈現得像是兩種狀態，其實不然。我覺得他之所以會這樣，並非是因為分裂。我看過李安導演的電影，深知他是一個浸淫中國傳統文化很深的人，他對藝術的要求和他生活的狀態，恰恰是一個典型的傳統知識份子的

「技法」追求與「心法」追求。

因為修道的緣故，我常常會用修行的眼光，看金庸先生對郭靖學武的描述。其實，郭靖的武學進益，就是一次對修道的良好類比。

他最開始是跟著江南七怪學武功的，江南七怪武功駁雜，也頗有一些市井氣。這個階段，就像我們年少剛接觸這個世界一樣，總是要從那些簡單又玄奇的部分入手，先對這個世界產生興趣，然後才能瞭解這個世界。

後來郭靖又跟著馬鈺道長學內功心法。這個「心法」是道門正宗，在《射鵰英雄傳》這個故事裡，道門的「心法」一向被稱為「本源」，是一切武功的根基。因為道法源流自天地大道，如果從天人感應的角度來看，其背後的意義就是：我們今日一切的行為方式，都是在類比宇宙天地的運行規律。

人要與天地的規則呼應，方能順勢而為，這就是「心法」的妙用。有了心法，並非能像江南七怪教給自己的武功招式那樣，時時外顯，但是卻是一個人調養自己、讓自己獲得寧定，獲得理解這個世界規律的基礎。

「心法」是生生不息、常念常新的，因此脈絡並不會太複雜，但是能衍生出來的與天地共生的力量。如果用今天的眼光來看，一個人的「心法」夠穩固，他受到這個世界其他「邪魔外道」的衝擊就越少，也越不容易被別人那種不穩定的價值

觀和行為作風影響情緒。

「心法」可以讓人建立一套自迴圈的系統，這套系統內在的力量生生不息，才有邪不入身的力量。

而與之相對應的，還有「身法」。身法不同於技法，身法是一個人在世間行走的規則約束，是我們前行的步伐和規則，就像我們今天的行事方式，需要在和他人的碰撞之中不斷調整。有了一套標準的「身法」，我們會走得更穩健一些。

這種「身法」，也是從更古老的時代流傳下來的。哪怕我們是一個現代的人，只要我們讀過經典就會知道，我們在日常中、學校中、職場中學到的一些東西，本質上就是那些經典幾度轉手改造的內容。只是我們並不知道，這是一套系統的內容，我們還需要不停地學習踐行，才能區分與掌握。

如果把道比作水，我們這些行道者，就像是魚一般，我們魚兒已經習慣了水，當然不會立刻知道水對自己有多重要。

「身法」就是我們與生俱來的規則，我們很自然地調整它。

「技法」則不同，因為技藝之道，是高度抽象的東西，依賴於我們對原理的純屬程度。就像郭靖修習的「九陰真經」和「降龍十八掌」一樣，是以心法為根基，以技法為外彰的一套體系。

每個人修行的技法不同。技法，是根據不同人的天賦稟

性來的，就像根基扎實、為人淳厚的郭靖，要修行澎湃有大力的降龍十八掌一般，俏皮、輕盈、古靈精怪的黃蓉，也只能修行打狗棒法這樣輕靈一派的功夫了。

「技法」並無高低貴賤之分，就像這個世界上的很多側面，就像人的很多愛好，有的人喜歡吃橘子，有的人喜歡吃蘋果，有的人喜歡吃香蕉一般。

我舉李安的例子，就是想讓讀者知道，「技法」是有水準要求的體系，而「身法」是有規則要求的行事準則，「心法」則是我們一生的修行準則。

我曾看到過一句話：為什麼你聽了很多道理，卻仍然過不好這一生？原因是，道理多是「心法」，一定要配合其他兩者，才能形成一個循環系統。

那些真正厲害的人，都是充分認識到這個循環系統分界，並知道在什麼樣的場景下，使用什麼身法的人。就像李安那般，明白了修行與修行的差別，明白了不同道理在不同情境下的分野，才能達到心靈自由，完全獲得自己，才能做到既自律又有邊界，持有更廣闊的世界。

至虛極，守靜篤

　　最近在創作新的劇本殺，因要查閱許多資料，書海浩瀚，免不了有時煩躁之情油然而生，末了翻看《道德經》，老子對修道的智慧，都融進了這六個字。

　　「至虛極，守靜篤。」大意是心靈虛空到極點，內心靜謐到極點。人們應當用這種心態面對世間萬物的變化，這樣才可以更容易地接受和瞭解「道」。

　　我們在遇到不順心或不如意之事時，有兩種選擇，向外求和向內求。向外求就是為了讓自己有安全感，追求更多的財富、名譽等等，或者向神仙禱告，祈求更高一級神靈的庇佑，將希望寄託在外在之物或他人，從而實現目的。

　　而老子提倡的向內求，即反求諸己，回歸內心，明瞭欲望，看清真相。透過觀察自己，達到自然而然的改變。理解這個世界其實沒有別人，外在的一切連接都是內心的投射，當你的想法發生改變，這個世界也會隨著發生變化。

　　心流，是米哈里‧契克森米哈伊定義的一種將個體注意力完全投在某項活動上的感覺。其實心流也是一種日常修行中，

可以達到的較高感受和境界。傳統上哲學實踐派，將「靜」分三個等級：**身靜、心靜、意靜**，「靜篤」便是這第三等級，八面虛空，上下左右前後內外不見一物，獨自清明自在。

　　所以「虛極靜篤」，是一種極致的狀態，進入了潛意識的修煉。這裡的極致，同世間法的極致不同，是一種無為法的境界。世人常說，人無完人，不要追求百分百的完美，但只有虛到了極致，一個人才能接受生活賦予他的一切，包括自身的不完美，只有在無執念的境界當中，才有真正的隨緣。

　　這句話後接的是，「萬物並作，吾以觀其復。」萬事萬物都有其規律，就是「各復歸其根」。春有百花秋有月，夏有涼風冬有雪，循環往復，最終都回落入迴圈，回歸本源之根。正如一些上了年歲的人，大多會有一種思鄉之情，落葉歸根之思，其本質和自然萬物相同，無非是回復到最初的本源。

　　從結局的角度來看待人世間，很多事情就迎刃而解了。既然世間一切追根溯源不過自然而始，自然而止，那又何必斤斤計較，將自己委陷於凡塵瑣事中不能自拔，不如大刀闊斧往前走。結束是下一次新開始的起點，不破不立，不變不新。

　　法國有一句諺語：「**瞭解一切就會寬容一切**。」正如《紅樓夢》中對每個人物的描寫，都帶著一種悲憫的心去接近他們，才成就了偉大著作。世上沒有絕對的好人，也沒有壞人，王熙鳳毒設相思局，逼死尤二姐，但我們卻能理解這個人物步

入此處的緣由，更多的是嘆息和同情，這是因為我們站在上帝視角，清晰的瞭解這個人一生的脈絡根由。

在生活中，我們大多時候難以知曉全貌，便帶著個人視角去審判他人，其實，我們需要的是瞭解常理，包容一切。只有包容一切，才會大公無私，沒有私心，將一切視為平等。萬物紛紛紜紜，各自循歸其本源，許多事本無所謂是非對錯，都是橫生了比較的心，難以放下，才有了怨懟。

我們常說「空杯求學」，這也可以看作是至虛極的一個應用。當內心沒有任何偏見和芥蒂時，你就會猶如新生嬰孩一般，去理解接納對方的觀點。每一個當下都是全新的體驗，沒有固有觀念，就不會徒增煩惱。

我們一切的痛苦，都來自「正確的」觀念。我們從小被教育「父母在，不遠遊，游必有方」，因此在我們成年後，背井離鄉在外工作時，常常因為無法在父母膝前盡孝而痛苦；古時候女子貞潔大於天，因此如果私相授受，不僅自己內心掙扎痛苦，還會受到社會的譴責和處罰。

消除煩惱的方式，只能是整合自己，化繁為簡，尋求世界和自我關係的平衡點。聽從內心的聲音，從心靈深處來自觀，由內而外的認識世界，一切煩惱皆由心生，本來無一物，何處惹塵埃。

我很喜歡一句詩：「但自無心於萬物，何妨萬物常圍

繞。」淡然處之，不執著於外物，不被外境所轉，不在意名聞利養，這樣即使處在紛雜的事務中，身體是忙碌的，心境依然是寧靜愉快的。

　　君子見機，達人知命。命理何機，簡言道之。至虛守靜，復歸其根。

善護念

　　分明已是深冬，卻感多事之秋，許是這一年快要結束，許多事你追我趕地湊到了一起，讓人應付得疲於奔命。身邊的許多朋友陸續出現新冠陽性症狀，居家自護，相互分享自己的應對經驗，還細心的比對了不同病毒株的症狀區別，苦中作樂。我雖尚感無礙，家中幼子卻不幸中招，孩子生起病來總是讓人掛心，繁忙的年底收尾工作中，又穿插著發熱與陣咳，讓人難以心神安寧。

　　那日閒暇看影片時，碰巧刷到一個直播間，播放著淡雅的音樂，桌前焚著一爐香薰，只看到蘸滿墨汁的毛筆，在宣紙上寫著小楷的《心經》，主播不露臉，偶爾停筆展示一下已完成的作品，讓人恍然，如入藕花深處。

　　這樣慢節奏的內容，帶來一種久違的平靜感，讓人隱隱生出一種起心動念，願意去把那一椿椿、一件件瑣碎的事拎起來。一旦開始去做了，突然間生活的齒輪似乎自然而然地轉動了起來，像自帶了潤滑劑，有條不紊地進行著。

　　如此正回饋的結果，讓我想起南懷瑾先生對「善護念」

的解讀。這一概念源自《金剛經》，是須菩提長者向佛提問時所說，「如來善護念諸菩薩，善付囑諸菩薩」。善護念最基本的含義，就是好好照顧自己的心念，自己任何一個起心動念，自己都要能感知到。

生在紅塵，難免受到牽掛，得脫身者得清淨，而被困於塵世的人，就顯得浮躁疲憊。所謂一念初起，無有初相。一個念頭一旦產生，就會隨時變化，護念便是護住本心。

就如同之前掙扎在各色事務中的我，本想著中午為兒子燉一份銀耳雪梨潤喉，緊接著又生出了新的念頭，泡發銀耳需要時間、梨子只剩下兩個是不是要再買了、這樣也不知能緩解多少症狀……，後面的念頭都是煩惱，已然將最初的心念蒙上塵埃。

所以善護念，便是回歸最初的念想，在心起時便行動，馬上去做，就是最好的護念。

是否我們應該遏止自己產生後續這些雜念呢？未嘗見得。我們常說「心如止水」，將平靜的心境比喻成一汪幽深的湖水，每一個念頭都像是一粒扔向湖面的石礫，每一個雜念都會泛起漣漪，但制止自己產生雜念的想法，本身亦是一顆石礫，這樣循環往復，水面是永遠也不會平靜的。

一個人有雜念是正常的，自然而然的事情，執著於想要清除所有雜念的想法，本身就是更強大的雜念，它本身和其他

所有的雜念一樣，會擾亂你內心的清靜，而且會更大的擾亂內心的清靜。不如任其自生自滅，不以為礙，便無事為患。這便是善護念的另一重禪意，不在乎念起念滅，任其自然發展，自坐蓮花臺。

這段時間，有許多關於精神內耗的話題，每個人或多或少都會有一段時間的情緒焦慮，反覆的瞻前顧後，可能大腦內已經百轉千回了整整一天，著眼於現實卻無絲毫進展。在一片「陽氣」中，擔心自己何時中招，擔心自己生病後症狀的輕重……，每一個細小的思慮都像是一根刺，在本就密密麻麻的心上再紮一針。這些內耗時分，其實也是雜念叢生的時刻，越想掙脫，往往會陷入新的內耗陷阱當中。

每一個念頭都像是一顆種子，生發於心的瞬間，就如同種在心田，它能否紮根發芽，長成大樹還是野草，都是由自己每一次新的動念所影響的。心念起初都是很脆弱的，在反覆的灌溉下，有一些成了永恆的信念。當然我們更多時候所談論的心念，是一種暫態的、短期的想法和思考，生活是由無數個連續的暫態所組成的，所以如何善護每一個心念，便是如何過好每一個當下。

於是可以看到，善護念的第三重境界，那便是不護念。

「善護念」本身也是「念」，真正完全做到「善護念」就是不護念。雜念本身就是由心念產生的，少生心念才是根本

的道理，我們自然能夠知道減少雜念的根源。

放下執念，所謂放下，必然曾經拿起，若是從不曾拿起，又何謂放下？正念也好，雜念也罷，本無差別，是我們給他們賦予了高低。一個小孩子，如果從來沒人教他「我」這個概念，他可能分不清楚什麼是你，什麼是我。而這個簡單的常用字，卻是一切自我感，自我意識，乃至整個頭腦中，「小我」的來源和根基。

忘記「我」的同時，似乎忘記了「念」，但卻是真正護住了念。

在網路節目《圓桌派》中，周軼君說：「焦慮的反義詞是具體。」我們只要開始走在路上，就會離焦慮越來越遠，離理想中的自己越來越近。這個過程中，意念的升起無可避免，那便順其自然，正念自會長青，雜念自會破碎，徑直走路便好。就如同這場疫情，與其心存擔憂，不如顧好眼下，信心可能確實是最好的保護罩。

內心明朗，知己所求。萬念皆拋，定力無限。

學習之妙

天下難事，必作於易；天下大事，必作於細

星光不問趕路者，時光不負有心人

精騖八極，心游萬仞

大道甚夷，而民好徑

天下難事，必作於易；天下大事，必作於細

　　A 君是我多年的老友，那日在微信上，他與我分享了最近遇到的一件事情。有位久仰他面相學的人，找了各種關係，希望拜在門下學習。

　　A 君與對方說，自己平日不愛教學，若真是教學則收費不菲，且需要對方用一年時間裡，每個月抽出幾日專心學習。對方聽完馬上答應了下來，絲毫沒有猶豫之色。

　　A 君接著說：「如此這般一年之後，就要靠你自己繼續深研下去了。」對方一聽有點懵，轉而問他，如果想達到 A 君目前八成的水準，需要學習多長時間？

　　A 君笑了，他說人人資質不同，無法斷言。只能把自己當年的經歷告訴對方說，他當初跟著老師打基礎學習一年，自己再去廣泛實戰三年，總結經驗之後，再博覽眾家著作自悟進階三年，保守估計，真正運用嫻熟這一門技能，大概需要七年時間。

　　聽完 A 君的話，求學者沉默了，半響丟了一句話過來：「那我再考慮考慮吧！」

過了一段時間，Ａ君聽聞當初詢問自己的人對其他人說，Ａ君這個人太保守了，明明有很多祕鑰和祕訣，卻藏著掖著不肯傳給學生，只想著自己悶聲發財，怕教會了學生，餓死了師父。明明不可能需要七年時間，那麼久的時間哪裡熬得住。

　　朋友Ａ君的經歷，讓我想起了「慧眼識珠」這個詞，這個詞的關鍵不在於珠，而在於「慧」。這就像很多向我朋友諮詢問道的求助者一樣，從我朋友的角度出發，給他們的是最真實的資訊。

　　說真的，也沒有必要藏著掖著，因為大道向來是顯而易見的。但是他們卻始終不信，認為有什麼獨門關竅沒有告訴他們，或者說，固執地認為，他們現在的問題，是因為沒有找到什麼獨家法門。

　　記得我另一位事業有成的朋友曾經說過一句很經典的話：**「成功不是靠出奇招，做了別人想破腦袋都想不到的事情，而是做大家都看得懂的生意，並且願意從瑣碎的事情做起，並堅持得足夠久。」**

　　從某種程度上來說，修道也是一樣的。之所以稱為「道」，是因為它是人生的底層邏輯，能夠滲透進一個人生活的各個方面。領悟了這個東西之後，可以發散到各個領域，讓人更能在各個領域完成自己的修行。

　　在我看來，學習就不該追求精髓，解決問題最忌諱的就

是倔強。想要問別人祕笈，是一種投機取巧的心態，本質上有違修行的精神。一門學問能出現就已經是精髓了，自己去學習體悟就好了。所以，要取得學習的成就，首先是對自己學習的這門學科有敬畏心。

有敬畏心的人，就不會把自己看得太重要，就會對自己學的東西，和世界上其他人持有一種謹慎的態度，這樣他們才能注意到更加細緻的東西。人往往都是和自己同領域的人競爭，而一個人和同領域的人競爭時，都是靠細節勝過對方的。

其次，一個人要學習到別人的精髓，需要先去掉自己的倔強。因為一個人真正見自己、見天地、見眾生之前認識到的觀點，很容易變成標籤式的，或者是固執己見的偏狹看法。正是因為這種觀點不能升級到更高的層級，所以才會妨礙我們的修行。

從這一點可以看出，修行的第一步往往就是「破障」。消除自己內心的偏見，打破自己固化的觀點，願意接受更大、更廣闊的世界，願意理解別人和看到別人，自己才能獲得更多。從學會愛惜別人，從而愛惜自己，這就是道的修行。

回到學習上來說，學習這件事，如果非要說出精髓，就是一個「勤」字。

為道日損，絕學無憂。所以，真正意義上的修行，就是從每一件事做起，沒有「速成祕笈」，就算是有，你想弄明

白，還是要從細節逐一領悟，最終還是跟沒有是一樣的。

常善救人，故無棄人。常善救物，故無棄物。

《道德經》之中有一句經典的句子：「天下難事必作於易，大事必作於細。」

以上小感，與所有道友共勉。

星光不問趕路者，時光不負有心人

有句話說：「人生的每個階段，只有完成百分之七十的目標，在進入下一個階段時，才不會太惶恐。」

雖然這是一個終身學習越來越被提及的年代，但並非每個人都能做到終身學習。我今日寫下的這篇文章，為的也是提醒自己不要懈怠學習，同時從認知上去理清學習的步驟，渡己渡人，找到更合適的學習方法。

我相信每個人都經歷過學習的過程，我們上小學的時候、我們上中學的時候，每天都會接觸新的知識，然而即使在同一個教室裡學習，我們和同學之間的差距，很快也會顯現出來，只是這個差距還不會大到令人訝異。但是當我們畢業後走向社會，在沒有刻意被要求學習之後，每個人自我的選擇開始主導人生，自此之後幾十年，若是同學們再次相聚，就能清楚地看到彼此在思想與認知上的巨大差異。

細究起來，不一定是誰懈怠或者偷懶，其背後的根本原因，是因為有些人知道學習的方法，有些人不知道學習的方法。正如「為學日益，為道日損」一般，修行需要在世事之中

領悟，而學習本質上，也是一個循序漸進的過程。

我們在剛開始認識這個世界的時候，總是碎片化的、不成體系的，而隨著我們同類知識越來越多，我們對這個世界的認知也越來越豐富，但是這些知識，此時還沒有完全內化成我們的認識。要把這些知識內化成我們自己的認知，需要對這些知識進行總結、歸納和整合，搞清楚每件事情背後的原理。

只要搞清楚了原理，這些知識才能成為一個完整的體系，我們認識同類的知識，整合同類的知識才能更快。

就像一個道理，別人告訴你之後，如果你只是理解了字面上的意思，沒有內化成自我的行為規範，這個道理就不能成為行為中踐行的規範，只有把它變成我們的一部分，才能真正和「道」共振。

因此，讀書不在於多少，而在於我們有沒有透過讀書重新認識這個世界，發現臨界知識，並把它運用到自己的生活當中。並在無數次的實踐之中，藉由理解和消化這些知識，認清其背後的原理，然後，這本書才內化成了我們自己的一部分。

找到循序漸進的方法，我們的知識會越來越多。而當我們知識越來越多，對原理的理解越來越充分的時候，我們會面臨第二個問題。

相信大多數人都對「知識改變命運」耳熟能詳，然而，改變命運的，不光是知識的數量，更重要的是**認知的深度**。

有深度的認知能力是這樣的：在分析問題的時候，能夠跳出問題本身思考更普遍的情況；在尋求答案的時候，能夠根據我們面臨的實際情況和具體資訊來綜合分析，然後再判斷是否接受這個結論。在面對知識的時候，我們不要全盤吸收，而是應該根據不同的情況、具體的情境，對我們所領悟的道理進行「遷移理解」。

遷移理解，涉及到對知識的深度思考，變形、拼接和組合。我們對核心概念都通透，並組合成知識能力單元之後，接下來要做的，就是用認知框架將它們聯繫和整合起來。

對於一個能自省、有領悟能力的人來説，在建構了具體的知識框架之後，更多的是需要把時間花在重要的基本概念、有啟發的觀點和自己沒想明白的問題上。

這個時候，我們已有的知識，已經可以向下覆蓋很多知識，要進一步提升自己，就需要針對我們已經理解的那些東西，進行一定的查漏補缺。

而當我們完成這一步時，我們對資訊的理解會越來越深，因而在看到某些東西的時候，就會自然而然地擁有「透視」的能力，對此項知識的覆蓋範圍和理解程度都會加深，至此，我們在閱讀的時候，一次能夠得到的資訊就越來越多。

所以，學習的過程如悟道，真正高效的學習和悟道一樣，要有「以慢求快」的心態。從底層原理上，一步步梳理我們不

懂的知識，積累那些未知資訊，同時，如果我們想要快速提高，努力的方向應該是花大力氣打通那些知識阻塞，而不是追求看起來很花哨的新方法、新技巧。底層堵住了，新方法和新技巧學得再多，也都是表面上的花拳繡腿。

我們上學的時候，很多人不願意看書，其根源來自閱讀壓力，而閱讀壓力無非就是急、散、懦。急不可耐，散不自惜，懦而不能持久，這是三位一體的不自強。這本不是什麼大毛病，只要經歷足夠的苦難，自然而然就好，也就願意閱讀了。可惜的是，人生時間有限，並不是每個人都可以幸運得早早經歷足夠多的苦難。更多的人，是失去了幾近大半的人生，才明白自強的意義。

人與人之間的差距，不是來自年齡，甚至不是來自經驗，而是來自我們對知識的總結、反思和昇華的能力差距，來自我們思考這個世界、觀察這個世界、領悟這個世界的底層邏輯和認知之間的差距。

星光不問趕路者，時光不負有心人。理解了這一點，也就知曉了修行應當如何入門。

精鶩八極，心游萬仞

　　在網上看到一種說法，世人習慣聆聽自己喜歡和認同的資訊，不習慣聆聽和接受不同意見、不喜歡的觀點、新鮮的事物。

　　這種習慣，一旦經過二、三十年的時間，它會在人的大腦之中成型，成為一種思維模式的定型和認知障礙，使他再也無法接受新鮮的看法和事物。這就是為什麼很多上了四十歲的人，都會固執地認為自己是對的，很難聽得進別人的話的原因。

　　我曾經說過，一個人學習的過程，其實就是改造自己大腦的過程。我們在這個過程之中，透過不停打破自己原有的認知，將自己對世界的理解升級到更大的層面，直到連結天地宇宙，前塵後世。

　　生命是動態的，學習也是動態的，所以才會有「活到老、學到老」這種說法。也許有人會說，現在停止學習，是因為知足常樂，不再執著於不屬於自己的東西。

　　其實不然，知足常樂指的是我們面對自己不能控制的東

西，要有一種更坦然的心態，而不是我們對自己本來就不瞭解的東西，拒絕瞭解。

篤行，方能明辨。而篤行的前提，是我們要有虛心的心態，願意去聆聽、接納包容和我們不一樣的東西。我們接納得越多，我們不可知的部分才會越少。

我一直覺得，人過了中年，最大的修行就是：不要畏懼自我改變。

對大部分中年人而言，因為前期都已經取得了一定的成就，所以他們會對自己現在已有的東西，有著更加根深蒂固的認同感。也正是因為如此，他們才更不願意接受別人的意見，也不願意學習更多的東西。

因為我是學習的受益者，所以從我自己的角度出發，我覺得一個人要獲得真正意義上的自由，必須要進入更廣闊的天地，知往事，思來者。

在認知即將固化的時候，說服自己去學習，本質上是一種對抗自己舒適圈的反人性行為。結合我自己的經歷而言，我一直認為，女性要有完整的工作履歷，未來面對風險時才不會害怕。

因為一直面臨外部的壓力，我才更有動力去努力。靠著自己這些年的學習摸索和修行，我結識了許多能力很強的人，學習讓我逼迫自己讀完了很多優秀的書籍，認識了很多優秀的

人，從他們身上，我更能看到自己的不足。透過和他們的交往，我也更能確定自己的位置，因此，才能一直保持一個相對開放的心態。

不要拒絕瞭解新事物，不要在還沒有聆聽之前就先否定別人。因為，沒有人能預測我們的人生，世界也不會按照我們的想像發展。該努力的時候一定要努力，無論學習還是工作。放棄學習，並不是知足常樂，而是不思進取。

有一個詞叫「言出法隨」，這個「法」，就是修行之中的法則。法則，就是法度和規範，放大來說，就是規律和準則。當人的文化程度高到一定程度，就可以清晰地辨別在不同環境、不同時間，什麼樣的法則會生效。

只有不停學習的人，才能獲取大量被證實為有價值的資訊，在後續的現實經歷中，他們比沒有文化的人，更容易發現對應的法則，從而更快解決問題。如果在人群中，一個人的文化程度超越大眾水平線，那麼他最終獲得的東西，也可以達到了別人難以企及高度。

對我們這些已經步入中年的人而言，可以利用的時間，其實只有餘生中的未來，而不是當下，更不是過去。過去的已然過去，雖然是過去塑造了現在的我們，但是過去並不會對我們的現在有什麼改變。

人只能活在當下，卻不能不理未來。

現代社會帶來了太多的便捷、舒爽和快樂，這些社會福利帶來的弊端，就是我們透過接受無限多的資訊，以為我們已經瞭解了世界的全貌，從而拒絕學習。感受不到世界的全貌，就必然無法瞭解到人生的全貌，也就看不到自己多樣性的結局。而看不到真實世界的人，是永遠不懂得管理人生的。

　　我們最終都要為無知付出代價，只是有的人只無知了十年，有的人二十年，有的三、四十年，有的五、六十年⋯⋯

　　不同的人，付出的代價必然是不同的。所以，早點直視世界，早點敬畏那些未知的部分，或許就能早點掌控人生。

　　人到中年不苟，往後百年無愧。

　　精騖八極，方可心游萬仞。

大道甚夷，而民好徑

　　我有一位師兄能言善道，每每與之閒談，都能獲益匪淺，賓主盡歡。前幾日同他一起去見一位新師弟，師弟驚歎於他的談吐不凡，禁不住真誠求教：「師兄底蘊如此深厚，可以出一本說話之道了，有什麼可以分享的祕笈妙招嗎？」

　　師兄哈哈大笑，略帶幾分俏皮之意：「天生的演說家，頂多是看的閒書多了些罷了。」聽後我們便跟著笑了起來，覺得此言甚對，哪一位妙語連珠之人，不是天賦技能點亮加上文化素養積累呢？祕笈竟如此淺顯。

　　但彷彿真理往往都是最樸實簡單的。《道德經》有言：「萬物之始，大道至簡，衍化至繁。」萬物最開始的時候，一切都是最簡單的，經過衍化後變得複雜。細細想來，這種萬物歸真的質樸，實在是最難得和快速接受的，因為大道雖然寬敞通達，但如此顯而易見的展示在那裡，讓人不禁心下忖度，是否有什麼祕而不宣的小道，可以更快通往目的地。

　　這便是「大道甚夷，而民好徑」。

　　比方說大道是平坦的高速公路，無遮無攔，本來只要不

126

去衝撞高速公路兩旁的護欄，就可以穩穩當當地開到目的地，可是人們偏偏喜好尋求捷徑，希望抄近路，反而整出許多彎道來。這護欄便如我們心中的「戒」，戒妄念，方有平和；戒急功近利，方有自成因果。

在經受過許多次生活的挫折和磨礪後，我們才會深刻地意識到，許多事情是急不來、求不到的，越是急切地想要擁有，越是鏡花水月一場空。

就拿減肥這件事來說，每當我給自己在立下一個月必須瘦幾斤，每日必須怎麼吃的規矩後（反正我確實不愛運動，所以無法如友人般，立下許多運動目標），接下來的飲食也是極盡清簡，但是往往不到一星期便破了功。反而當不再執著於體重秤上的數字浮動時，把注意力放在其他事情上時，在不知不覺中體重反而能減了下來。

有時想來實在奇妙，人生就是這樣，簡單地做複雜的事，就是康莊大道。有段時間，各種成功學的方法論推陳出新，影片中的每位導師，都懇切地說著自己的經驗和觀點，希望帶領大眾走向世俗的勝利。但真正獲得成功的那些人，沒有一個是每天孜孜不倦地研究各種方法學的，而是那些在實踐中不斷摸索、自我修正的。方法未必是最重要的，持續不斷的前進才是關鍵。

人生是一場馬拉松，不必因一時的落後而氣餒，更無須

因一時的失利而放棄自己正在前行的寬闊大道，急匆匆地跑到彎彎曲曲的羊腸小徑上去。許是大路太寬廣，看不見遠方，只有一望無際的蒼茫，只要方向對了，走便是了，雖慢也快。

北宋王安石變法為什麼會以失敗告終？其中一個重要原因，就是王安石太過於激進，就連王安石自己都承認改革激進，「緩而圖之，則為大利。急而成之，則為大害」。他只認定一個目標，卻忽略了在實現這一目標過程中，必然會連帶產生一系列問題。在短短數年間，將十幾項改革全面鋪開，全面的得罪了各個階層支持者，於是改革陷入了進退維谷的窘境，加速了北宋的滅亡。

穩而思進，慢而有為。心若能靜下來，便不會為爭一時的長短而涸澤而漁，飲鴆止渴，按著自己的節奏，過好自己的生活，每個人都有自己的時區，不必著急。

如今正是農曆四月，想起一句很美的詩詞：「人間四月芳菲盡，山寺桃花始盛開。」其實這一自然現象，僅僅是因為山地氣候和平原氣候的差異，導致的溫差，從而出現了四月山頂桃花尚開的美景。但又何嘗不是大自然的一種提示，萬事萬物皆有其規律，順應天時，不逆地利，做好自己。

著名的「一萬小時定律」，是說要想成為某個領域的專家，只需要工作一萬小時的錘煉，換算成一天八小時工作制，也就是三年半。這個時間似乎並沒有想像的那麼久遠，這條定

律存在許久，但速食式的學習方式卻更受歡迎。很多實踐成功的人，都說自己是一個「笨人」，只知道埋頭工作，殊不知正是這份「不聰明」，成就了他們的大智慧。

大智若愚，許是這般。

簡單生活，一盞茶，一張桌，一處清幽，日子平淡，心無雜念。簡單行事，一件事，一股勁，一念放下，得失無礙，靜處生花。

世間的路一向坦蕩，此間的人只需找對方向前航。

一事一悟

所樂自在山水間

持而盈之，不如其已

物壯則老

白鷺立雪

所樂自在山水間

　　前些天，上海的朋友發了一段影片，呈現「地攤經濟學」的一幕。她說她因為疫情所限制，很久沒去的商圈，新開了一處創意市集，有許多人晚上在那邊擺攤。

　　恰巧晚上有閒情去看看熱鬧，果真是五花八門，琳琅滿目。有網路上很熱門的彩虹圈表演，這個玩具我兒時就有，是一個色彩漸層的塑膠螺線圈，如今有了表演性的玩法。

　　看似普普通通的彩虹圈，在攤主的手中如同被施了魔法，前後舞動，在空中劃出一道道不變形的弧線。最後又穩穩地落在他手中，絲滑的色彩變換，頓挫的滯空感，操作炫麗，引來眾人圍觀。有人躍躍欲試，攤主也熱情教學，並不因看熱鬧的多、買貨的人少而面露不悅，只看得出一副樂在其中的沉浸，對這一玩具表演的真誠熱愛與享受。

　　這個市集上，到處都是這樣的攤主，與其說他們是來賣東西的，不如說是來推廣展示自己的喜好。成交與否不重要，自己已經從愛好本身和旁人的驚歎中，獲得了足夠的價碼。賣鉤織手工品的小妹妹，看起來十分年輕，似乎是個新入學不久

的大學生，在攤位上自顧自地鉤織小娃娃，有人來了就抬頭看一眼，也並不熱切推銷，旁人講價也只是搖搖頭，彷彿只待那真正認可手工製品價值的主顧前來選購。

這個市集像是一個不務正業的縮影，凝聚著都市人的喜好與興趣。把那些平時容易被人詬病的小愛好，堂而皇之地展示出來，讓其他人意識到生活的豐富性與多種可能，每一項技藝都有值得深究的地方，無所謂高低，無所謂無用與否，有那麼點城市後花園的意味。

朋友在一個攤位前買了餅乾福袋，都是攤主自己烤製的，放在牛皮紙盒中，1 元 1 個，實在是賠本的價格。打開是 5 塊嘎嘣脆的羅馬盾牌，又香又脆，比許多品牌店做得還好吃。

她深感不解地詢問攤主，為什麼虧錢做糕點呢？攤主是個年輕人，他笑得有點無奈與苦澀，他說在封控的漫長日子裡，一度被壓抑的要發瘋，幸而能夠在網上學著做甜點，來打發時間和轉移注意力。慢慢的，他的心情平靜了許多，也學會了與當下的不公與壓抑和解，讓自己得以喘息。

而在嘗試烘焙的過程中，他開始越來越喜歡烹飪，開始嘗試更多的改良方案，來製作美味的點心。當說到這些時，他的眼光變得開始有了神采與光芒，或許是因為裡面注入了更多的心意與熱情。從一件具體的事物中獲取快樂，實在是一件十分幸福的事情。

這幾年因著疫情的原因，許多人對旅遊的熱愛無法施展開來，之前盛行的「世界這麼大，我想去看看」的說法漸漸減少，取而代之的是「生活處處是風景」，把目光著眼於當下的生活，身邊的細節，也不失為一種體驗生命的方式。

　　孔子曰：「知者樂水，仁者樂山。」明清之交的學者孫其逢，曾解讀說：「山水無情之物也，而仁知登臨則欣然向之。蓋活潑寧謐之體，觸目會心，故其受享無窮，此深造自得之學。」其實，山水人人都愛，這是人的自然天性。為什麼喜愛山水呢？是因為登山臨水會讓人擁有開闊的視野、長遠的眼光和廣博的胸懷，大自然佳山勝水的旖旎風光，給人以美的享受。

　　但不管是插花也好，鉤針也罷，抑或是做甜點、看閒書，都是另一種山水之間。山水是自然之景，更是心上憩園。從具體的事務中抽身而出，投入到沒有功利追逐的事情上，進入穩定而寧靜的心流當中，便是人生自得其樂的一時之幸了。

　　所以人無論何時、身處何地，都應當有個愛好。發展一些業餘興趣，才能在瑣碎中超脫生活，在繁忙的工作之餘，有一個與自己對話的契機。

　　這份愛好有些像山野村居，給個人一個歸隱的機會，同時也帶領人去見識到不同的世界。我們常常覺得，那些興趣廣泛的人充滿活力與激情，特別又進取，彷彿對這個世界，永遠

充盈著無數的好奇與探索精神。這與其廣泛的愛好是分不開的，他在享受沉浸其中的快樂的同時，也在不知不覺中，觸摸著這個世界的邊邊角角，見得越多，想要知道的就更多。

因為我們每個人都想擁有廣闊的人生，這不僅僅是空間上的，更大層面是思想上的。但不走出門去，不從空間上打破一畝三分地的拘泥，就很難實現思維上的突破。早些年有一個談話欄目，有一期與一位農村婦女進行談話，她是很早獲得女性自我意識覺醒的一位女性，因此在那個小村落活得很痛苦，不被理解，自己也走不出去。

這就如同人生的隱形枷鎖一般，我們進行各種興趣活動，就是在不斷地拓寬我們獲取快樂的方式，不斷打破那些自我設置的屏障。「做蛋糕有什麼用？」、「做手作有什麼意思」，這些都是在跨越偏見，看待風光旖旎的世界。

每個人的快樂源泉看似不同，實則殊途同歸，都是在其中發現了不一樣的自己，更為活潑或更為深刻，與社會習俗規訓下那個乖巧的自己，有了一些互為對照的奇妙反應。

所樂者樂山樂水樂萬物，人間事需思需想需參悟。

持而盈之，不如其已

　　四月的最後兩日中午時分，約了二十九年前的娃娃臉老同桌韋教授，還有陳年閨蜜圓潤的璿妹子，以及不苟言笑的歐陽蜀黍，和活力四射的億萬姐姐、資深飛機維修工程師曉軍，我們一行六人，去了離工作室不遠的一家重慶火鍋店。

　　火鍋店的名字叫「慫」，口號就是「吃火鍋認慫」，這著實生動有趣。最讓人期待的是吃到一半時，衝出來一群青春無敵的男女服務生，戴著頭飾、舉著慶祝牌，一邊唱著歡快的曲子，一邊誇張賣力地跳舞，以此來幫在場的壽星璿妹子慶祝「四十大壽」。據她說女生四十歲以後，每年的數字生日蠟燭就只能是 1 和 8，年年 18 的含義。

　　今日夾雜著慶祝璿的生日、慶祝韋教授論文發表、慶祝我南葵的新書臺灣上架銷售，在如此多的喜事交織下，大夥敞開心懷和食量，大快朵頤。

　　看著一群人至中年，但是內心依舊充滿青春氣息、充滿活力與激情的老友們，心中掠過一絲喜悅，這或許就是歲月在大家生命中刻畫的最好模樣。

許是太久沒這般熱鬧的快樂相聚，不僅相談甚歡，時間飛逝，不知不覺也吃得肚子渾圓，下午回來竟脹了肚，趕緊沖了杯消食的茶，便去書房看書了。

《道德經》有言：「持而盈之，不如其已；揣而銳之，不可長保。」

心下自嘲道，幸好今日只是少少貪了些嘴，惹得一時脹肚，都引得一晚上的胃口不濟。若是在其他方面也忘記警醒，忘記了「持而盈之，不如其已」的老子智慧，哪怕就不僅僅是一次性的不適與難過，可能是反反覆覆的不甘與苦惱。

手握容器，不斷地往裡面注入東西，則容器必然有盈滿的時候。當容器盈滿之後，再往裡面注入東西，就會漫溢出去。人之欲也好比一個容器，欲求太多，則容器很快就裝滿了。如果要防止溢出來，那麼在持有欲望之時，就要持之有度，不能一味追求盈滿。如果欲求太多，那便虛心實腹，讓這些過多的欲求，自然而然地流逝吧！

小時候長輩常念一首童謠給我聽：「小老鼠，上燈檯，偷油吃，下不來。」如今想來頗具智慧，這種下不來，實際上就是一種欲望的囂張，因為放不下唾手可得的利益，不明瞭自己現下的處境，只想著把所有都吞入肚中，最後得不償失。

成熟就是一個不斷放下的過程。年輕的時候，覺得世界都是自己的，什麼事都想試試，在四處奔走中才慢慢意識到，

一個人的精力是有限的，時間也是有限的，我們不可能什麼都擁有。兩隻手能持有的東西是有定數的，欲望大於這個定數，就會陷入無解的痛苦。

唯有止盈，唯有定心。觀察這個世界，如閒庭信步看花開花落，不因時移事易，不斷膨脹自己的所求，很多珍貴的東西，當我們握在手中的時候，我們不以為然，直到經歷了失去，看過了流離，才悟到學到。比如明媚的陽光和林間的空氣，這幾年的疫情，多次的居家隔離，減少外出，讓一些過去認為唾手可得的東西變得珍稀，從而去重新思考很多事物的價值，思考到底什麼才是當下。

我有時候會站在窗邊，看天邊的白雲流動變換；觀察雨滴由小變大落在大地上，形成斑斑駁駁的神祕圖形；聽風在樹葉間穿梭，發出稀稀落落的響聲。這個沉浸在具體的過程中，我覺得自己變得很輕很輕，沒有任何沉重的思索和難題，生命如開在雲端的雪蓮花，輕柔美麗，沒有訴求、沒有渴望，自顧自地蕩漾著。

這樣的放空時刻，讓我似乎得以窺見生活的本質。本質並無具體概念，卻是由成千上萬的具體事物所組成，是每一個我擁有的當下，它不存在於過往，也不藏匿於未來，只在這一刻，瞬間即生活。明瞭何為生活，便不會成為無窮無盡的欲望之奴。任生活自然發生，遊刃有餘地度過每一天，神清氣爽，

萬物和氣。

　　人心是不待風吹自落的花。我們有時會高估自己的意志，低估了外界對我們的影響，即便說著堅守自我、不可隨波逐流這樣的話，還是會時不時的意志出走，臣服於外界之壓或內心之欲。這種時候，也不必對自己過多苛責，放下不僅僅是放下多餘的物質追求，還有痴念。希望自己無時無刻行為舉止同聖人一樣，本就是一種痴念。

　　微積分中有「極限」的概念，指一個函數無限趨近於一個固定的數值，這同修行是有異曲同工之妙的，我們無限接近理想的聖賢狀態，但永遠無法成為老子或莊子。

　　我們終究是我們自己，一個獨一無二的個體。這種修行途中的思想「出差」，在一定程度上讓我更接近了終極，因為任何事情求得太甚，就成了執念、怨念，好意也變得沉甸甸了，痴迷於術之精湛，往往就失了道之簡深。

　　說到底還是和解。與自己和解，認識到自己能力的有限，但不加以貶損與批判，如看樹看山一般看自己，任何形容詞都只是一個特徵，好惡都是後天加之，並非天然而化；與世界和解，接受「吾生也有涯而知無涯，以有涯追無涯，殆已」，讓過剩的欲望自然消失，懂得適可而止、進退有度，安穩地抱著自己手中已經滿滿當當的罐子，大步流星地往前走。

　　何處是歸途？盈已有道。功成名遂身退，天之道。

柳壯則花

　　今年的冬天似乎來得格外得晚，都還沒有見到銀杏葉黃燦燦地堆在枝頭，就已經是要揚進垃圾車的落葉了。從時節來看，已經過了小雪，從那日開始，就每天都夾雜著淅淅瀝瀝的小雨，好像有很多話想傾訴一般，卻又總是說不完。這一日的下午，突然有了暖烘烘的陽光，隔著玻璃窗映照進來，讓人覺得明亮又慵懶。

　　雖然偶有暖陽，但大家的心態上已經是入冬的準備了。前段時間，趁著活動購入了換季的衣物，只是今年的雙十一變得格外冷淡，好似大家都沒了購物的欲望，和外地的朋友們之間，最多的問候就是「封了嗎？」、「你家還在網課嗎？」好像除了這個讓人沮喪又無可奈何的話題，大家竟硬生生找不出其他的話了。唯一能再聊上幾句的，就是亞洲足球隊在世界盃上的優異表現，轉而又是感嘆羨慕其他國家的人民，可以去現場看球，可以如此的聚會狂歡，最終這個話題以一聲「唉！」而告終。

　　窗外無論溫度怎麼波動，大家的心裡都是默認又歸順地

進入一種新季候的態勢。偶爾夜間推開窗，被一陣突如其來的猛烈的風吹得縮了縮領口，望向街道上零星的路人，步履匆匆地在燈光下前行，便會感慨自己的幸運與多愁善感，這個世間總有人在午夜出發追光，也總有人在傍晚歸巢入眠。

　　近來看了太多的新聞與訪談，起初只是希望兼聽則明，拓展一下自己的思維邊界，但當各方的觀點從四面八方湧入我的大腦中時，卻有一種海水倒灌入江河的危險感。觀點和想法無所謂對錯，無所謂有用與否，但個人在當下的接收能力卻是真切的有限，很容易在這個不設限的敞開中陷入迷惘，成為一粒捲入海洋的沙礫而不自知。

　　所以刻意地切斷了自己與各類思潮的思想碰觸，有意識地將自己帶回到眼下的生活當中，去關注今天的天氣、屋外的風景，一些每天都可以接觸到卻常常不會去著意沉浸的生活部分。這樣的思想回歸，讓我真實地感受到了一定的安寧與平靜。當周遭的環境變得日益糟糕之時，本身也是一種跳脫的「觀」，以更高的視角去觀看世道、去觀察環境、去觀照自身，生活本身就是最好的修行。

　　現今我們對一個性情的較高評價，常常是「內在穩定」，似乎保持穩定是在這個變化萬千的世界上安守自身的最佳指標。所有人也都希望自己成為一個「內在穩定」的人，不斷透過自己的親身體驗也好、讀書偶得也罷，為自己的生命建構起

一條堤壩，堤壩不斷加高加長，自己也越來越安全自在。

　　這樣的結果，是我們在最開始談論「內在穩定」時所求的嗎？多少有些緣木求魚了。因為從這個結果來反證，許多上了年齡的爺爺、奶奶，倒是內在最穩定的一批人。他們根據自己幾十年的生活經驗，加上對這個世界夜以繼日的觀察與思索，形成了自己幾乎不會為任何人、任何事所動搖的認知和理念，但我們把這樣的現象，稱之為「思維固化」。

　　誠然有一些人從年輕至年老，都有著一以貫之的想法和原則，這樣的人往往不會過得太差，甚至可以取得世俗意義上的成功。我們把這一類開化早又堅定的人，認可為成功人士。在某種程度上，成功的人都帶有一定的偏執性，對某一方面的極致追求，造就了這份披荊斬棘的勇氣，和誓不甘休的魄力。

　　如此來看，追求「內在穩定」，很大程度上依然是對成功的渴望與崇拜，是某種程度上的「思維騙局」。老子說：「物壯則老，謂之不道，不道早已。」很多時候所追求的自我堤壩的修建，也是在走向物壯則老的衰落之路。

　　就如同許多訪談節目中，訪問那些三十歲以上的人士，無論是各行各業的名人，還是街邊偶遇的素人，在談及你對二、三十歲這個年齡區間有什麼看法時，大家都會認為這個年齡區間，是人生中最迷茫但是又最快樂的階段。自己處在反反覆覆的迷茫、焦慮和搖擺當中，與對於生活可能性的各種嘗試

的快樂之下。

　　但談及想對這個年齡區間的年輕人說些什麼的時候，大家不約而同的認為，勇敢地去犯錯，去嘗試任何你想嘗試的愛好、職業、愛情、生活方式。世界不會因為你做了什麼或者沒做什麼而發生變化，年齡也不會因為你遵從了什麼或者違逆了什麼而減少或增多。

　　思維觀點的穩定性，不是成熟的標識，沒有觀點或許才是最大的觀點。堤壩太高就成了圍牆，困住的是自己，固然這樣的生活是安全穩妥的，但如果我生而便在圍牆之內，或許不會生出翻牆而出的念頭。但若這一磚一瓦是我在同這世界對話中不斷退讓疊起的，很難不在城堡內，感慨自己的老去。

　　笛卡兒說：「我思故我在。」他是從意識和思想角度說的，但是從心靈角度、情感角度感受到自己活著，不是被欲望所控制的，是發自內心的那一瞬間，一個生靈感受到一種生命強大的復生，一個特別強大的喚醒。

　　人生就是我來了，我走了，我只能盡力在這個過程中多看一點、多體驗一點，讓自己的人生更充實而溫暖一點，不管這輩子活得多麼好、多麼糟糕，這個故事終究會散場，沒有人會活著離開這個世界。

　　縱然我只是涓涓細流，也無懼大海的浩瀚與殘忍。

白鷺之雪

疫情社會層面放開以後，許多地方出現了藥物購買困難、就醫困難的問題，朋友圈中也有朋友分享自己不幸中招後的自我康復心得，大家在評論區討論得熱火朝天。這樣的公共話題讓人難以置身事外，看了下家中的藥箱，今年四月就買了充足的港版必理通和其他呼吸道藥品，所以常用藥還算備得齊全，略略定心。

這種放開後的情形，在實施前就已經有了一些風向上的預判了，只是每個人對事態的看法不同，一部分人的理性與樂觀，是抵不過大部分人的恐慌和擔憂的。我們只能盡可能地提高自己審時度勢的能力，在無論風平浪靜的日子，還是暗潮洶湧的瞬間，不至於風帆翻覆。

人一旦有了足夠自主的權力，就需要修煉有足夠清醒的頭腦，去為自己的做出恰當的決策。

臺灣作家林清玄有一首禪詩：「白鷺立雪，愚人看鷺，聰者觀雪，智者見白。」這首禪詩的意境很美，冰天雪地，一片蒼茫，一隻優雅的白鷺，籠著結白的羽毛，佇立在瑩瑩雪

中，動靜結合，似肅殺，似暗藏活力。

　　不同人看到的場景是不大一樣的，愚人只能看到一個點，即白鷺；聰明的能看到一個面，即白雪；而智者能看到本質，即都是白。白鷺、雪、白分別代表了什麼呢？有形、隨形和無形。

　　當然，代表了什麼，在不同的問題中，還可以有具象的表達。譬如說親密關係，或許是在一次爭吵中，看到的是這次矛盾的事件，二人性格觀念的不一致，還是自己向外求了何物。只看見鷺，便只能圍繞鷺解決問題，看得到白，或許可以一通百通。

　　我自然不敢違論自己是什麼智者，在遇到問題時，第一眼看到的也是白鷺，只是多年修行，讓自己有了繼續思考下去的意識和習慣，不斷嘗試去窺探那渾然天成的一片白。

　　看待事物只看得到有形一層，其實不是天性，而是社會教育。問題的主要矛盾、實事求是地解決問題，這都是我們常聽到的建議和指導。實際上是問題一個接一個，層出不窮，於是我們又聽到人生來就是解決問題的，人生就是不斷地打怪升級，每解決一道生活難題，命運就會給你一個獨特的獎賞，這份獎賞就稱之為成長。

　　這番道理似乎也沒有什麼不妥之處，但細細品味，大抵是如同程朱理學之於儒家學說，是閹割過的道理。我們是需要

解決問題，但我們需要的是不斷解決更高層級的問題，而不是一道道本質相似的生活問題。就如同學生期間，我們需要學會舉一反三的能力，運作這種能力，可以答對一大類題，而不是生硬照搬上一道題目的答案用於當前。一直解決不了的問題，生活會一直讓你複讀。

打怪升級，重點是如何升級，而不是晝夜不停的打怪。許多人一生都會被同一件事所苦惱，甚至可以說生活中遇到的風風雨雨，都是這一件事帶給他的。但他只是兵來將擋水來土掩，在這個過程看似有著極強的問題處理能力，但實則治標不治本，背後的問題，猶如幽靈般，遊蕩在生命的每個角落。

這種問題，我認為可以稱之為終極問題，簡而言之，就是明晰自己一切恐懼的根源。這種根源的成因一般是複雜的，和幼時的家庭環境、自身的成長歷程、社會的文化氛圍等，都有著密不可分的，其中並不是每一個部分都可以被解決，很大部分需要的，是坦然接受。

接受白就是白，白的無形，白的脆弱，白的敏感。接受和看見，是一個相生相伴的過程，在看見的瞬間，或許會覺得一片荒蕪，無處落腳，看見後的心境逐漸平和的過程，才是接納。

我們常說「初生之犢不怕虎」，小孩子的恐懼是很少的。因為他對許多事物是全然不知的，他有一股源自本身的勇氣與

坦率，他不知道，所以他不在乎。所以看問題時常一語驚醒夢中人，我們講童言無忌、返璞歸真，是因為我們知道，作為歷經風霜後的成年人，在面對很多問題的時候，再做出那樣的選擇是無比困難的，瞭解了世界的運行規則，是會影響我們自身運行的磁場的。

因而一貫強調的「諸事向內求」，是一個穩定的能量生成方式。外界的一切都是定無可定的，哪怕是山川湖海，在幾千幾萬年前，也不是如今的樣貌，何況人類所創造的一切外在之物。

人最可以依靠的，唯有自己，無論世界如何絢爛，你會發現，最終一片蒼茫，唯有一片白。順應天時而動，擺正自己的心態和行為才是依道而行。

人在紅塵中，禪在白鷺間。

悅納心情

接納並擁抱自己的情緒

在複雜的世界裡保持純粹的關鍵祕訣

智慧，處理情緒的良方

心亂一切亂，心安一切安

接納並擁抱自己的情緒

　　前些日子，因為一件生活小事，我白天以為自己不在意了，不料當夜夢見之後，還是被氣醒了。之後越想越忿忿和委屈，在這樣遇到氣憤難平之時，我更想瞭解的是，自己為什麼產生了這樣的情緒。

　　明明從理智層面知道，這不過是件很小的事情，但是卻又在感性層面上，深刻地感受到了自己情緒的波瀾。當夜有足足兩個小時，一直希望得到一個合理合情的答案。遺憾的是並沒有，最終只能拖著疲憊的身軀，緩緩睡去。

　　翌日清晨的太陽透過紗簾照進臥室，我的內心忽然豁然和明亮起來。回到工作室泡了一杯茶，在戶外坐著看樹葉下斑駁的光影，再問自己一聲，為何昨日如此氣憤？

　　透過這事我想了很多，也一直在反思這件事。

　　說起來，情緒是人的日常，我們每個人每天都會產生各種各樣的情緒，有些是好的，有些則令我們憤懣、不安、憤怒等等，因為情緒和我們的肉身關聯太大，所以處理情緒，是修行中的重要內容。

　　一個人憤怒的根源，常常是因為一腔熱血被挫傷，或者是遭遇到羞辱和誤解的時候。那個時候，人會忘掉恐懼，拚命想要去證明自己。從這個角度來看，某一種情緒的產生，並不一定就是壞事。但如果我們只是想反反覆覆用這種情緒來折磨自己時，就陷入到「障」之中了。

　　這種障，一來是把自己看得過於重要，自己是世界的中心、主角，哪怕加上一句限定語，「對自己來說，自己是世界的中心」，其實要強調的還是後半句。

　　固然每個人都很重要，但這裡並不想憑空討論「自己有多重要」，而是想在實踐上，把這種觀念和個體承受的壓力痛苦、所產生的行為建立聯繫，從而發現一個人越把自己置於中心，就承受越多這種視角帶來的痛苦。覺得自己不能受委屈的根本，還是因為這種執念──覺得自己過於重要的執念。

　　二來，是強迫自己的理性思維，去引導感性情緒「放下」和「不在意」，以及違心的「諒解與原諒」。這是更要不得的行為，因為這是治標不治本的表現，長久下去，負面情緒所壓抑的創口越來越深，而若是不能把這種情緒放在陽光之下，盡量以覺知的視角去看待和安慰以及理順其中的根源，這種傷害必將反噬自身。

　　一般來說，只要不是肉體上遭遇了實質性的傷害，由情緒而帶來的痛苦，都是修行的發端。因為會產生這種自我傷害

的執念，皆因我們每個人都有「我很重要，受到委屈我一定要讓對方明白」這種執念。

但是在現實世界中，即使我們拚命向對方解釋，甚至是去教育他們，我們常常也不能得到我們想要的結果，畢竟人並不是那麼容易被其他人說服的。最常見的結果是，當我們拚命想把我們知道的那些東西告訴別人，別人卻根本不領情，反而會和我們爭執。

其實從修行的角度來看，會有這樣的結果，一點也不奇怪。每個人的經歷都不一樣，道理本身並沒有問題，但是一個人接受一個道理，一定要透過親身實踐和自我思考，只有思考到了那個點上，他才能被這個道理點透。這就是我們通常所說的，靈光一閃般的「悟」。

我們在世間上行走，會遇到各種各樣的人，有的人有主動學習的能力，他們能透過自我反思，總結出一件事的道理，並明白事理產生的根源，從而獲得內心的平和，以及對這件事更深層的洞察；有的人因為天生比較頑固，智慧不足，不具備自我反思的力量，所以他們沒有辦法打破自己的舒適圈，反而對那些想要幫助他們的人惡語相向。

自我反思、反求諸己，不是每個人都能做到的，一個能夠內向歸因，並且認真、誠懇認識到自己錯誤的人，是懂得自我反思並善於自我反思的人。

　　表面上來看，每個人並無區別，但是身為一個修行者，他會得到內在的自在，進而透過內在情緒，影響外在的精神面貌，因為人的內心宇宙和外部宇宙本來就是一體的。

　　對自我的洞察，就是修行的途徑之一，這類人自己建構了自我迴圈，同時跟這個世界交流，有足夠智慧明白該在哪些時刻對自己進行有益的提醒。

　　但是同樣的，我們也不應該苛責那些暫時沒有呈現出慧根的人。他們的表現，他們的反應，和他們之前的經歷、之前受到的教育，以及他們自我的內在有關，他們還不具備自我反思的能力。沒有頓悟的智慧，也沒有到開悟的時機，對這樣的人而言，即便是良善的勸諫，也十分容易被理解成苛刻的譴責。

　　人的情緒非常重要，也在於這裡。我們透過處理自己的情緒，來認知我們自己的內心，情緒的根源在一個人的世界觀深處，透過不斷地疏導情緒，透過「破」的方式來「立」，透過拆毀的方式來重建。我們在這個過程之中，獲得了自己內心的圓滿。

　　同時，我們透過瞭解自己處理情緒的艱難，也能寬宥別人，因為我們經歷過，所以能理解其他人為什麼不能做到，就能洞察苛責背後的寬宥與慈憫，由此心甘情願去接受缺憾並面對之。

　　當一個人質問別人，「為什麼這麼簡單的道理，你就不

明白」的時候，恰恰表明他看不出來人與人之間這麼明顯的差別。不同的人，在性格、理解力、思維模式、邏輯能力等方面，存在天壤之別，從來就不是整齊劃一的。

當我們有情緒時，正是自己在自我修行之時，如何對待它、安撫它，並透過它洞察自己，就是我們自己悟的過程。

情緒時時產生，就是在提醒我們，自我的覺知和潛意識，對它的疏導亦一刻也不能停止。這就是修行的難度。我們既不能過於急躁，也不能停止，即便可以培養，也絕不是短期有望見效的。不是短期能解決的問題，能看出的改變，就不該奢望在短期得到解決，不該期待透過一場溝通而奏效。

我們自古以來，就崇尚「天人合一」的境界，因為大到宇宙天體運行，小到人體五臟六腑，其運行規律與邏輯上都是基本一樣的，這也是我們所說的「道」。

「道」無處不在，但要做到與道合真，卻是那麼不易，其原因在於我們自身局限了自我的認知。

正如我們只相信所認知的有限知識，相信以所謂科學方式證明的情況，卻不相信自己與生俱來的靈感，不相信自身靈敏的直覺。而直覺是什麼？直覺是來自高維的資訊，我們人類所有科學發明來自於靈感，靈感是來自於高維的資訊。

如果我們從某一天開始突然明白了，噢！我要認真地傾聽內心的聲音，能平和地與自己溝通，不去刻意壓制自身情

緒，能覺知地看待自己，並且從心中找到事情的答案，再從現實去努力驗證，就如科學家的靈光一現，而得出的大膽假設，再以此去求證一般。那麼，或許這條與自身和解與溝通的路就通暢了。

　　無形能量總比有形能量更加具有威力，更加具有高層次的力量和功能，逐漸的摸索之中，你會發現無論修行的是哪一家功法，走的是哪一條路。大成境界的修煉者，無論你走哪一條路，最終都將走到一起，正如那句話一樣：「我們從山腳下出發，一路上彼此並未相見，但到達山峰時，我們對視而笑，終於等到你來了。」

　　吾生也有涯，其修行也無涯。

在複雜的世界裡保持純粹的關鍵祕訣

記得在前幾年，我從道家修行和潛意識認知之中剛剛有所收穫的時候，秉承著好東西並不自專的心理，我將這些知識，分享給了認識的朋友。

一開始朋友對我的知識體系和修行，也表現出了感興趣的樣子，當然，她感興趣的原因是覺得，我的這套知識體系或許可以解決她的問題。於是我也將我這些認知和領悟，不厭其煩地與她分享——因為我確確實實從中受益了。

但是過了一陣子，我發現她始終沉浸在她自己的情緒之中無法自拔，不管我多麼努力想要使其超脫開解，在她第二天向我表述的時候，她似乎又回到了她的情緒之中，反反覆覆向我傾訴她的感受，而不能從外部審視這件事本身。

後來她告訴我，當她試圖用修行的方式來約束自我，想要忍受、接納一切的時候，發現她的心並沒有令她做到，所以她很快就又恢復了原狀。

這件事引發了我的思考。誠然，這些修行、克制和自我約束，在我身上起了明顯的作用，這也是我能堅持修行的重要

原因，但是對於一個並沒有在頭腦中建立穩定認知和具體問題、具體分析系統的朋友而言，她顯然只是照搬了我的經驗，而沒有經過我這種反覆思考、掙扎和在具體的生活中驗證這些道理的過程。

這件事也令我反省，那些對我而言有著積極價值的道理，或許其他人並沒有準備好接受，我需要分析他們複雜的情況，然後才能找到幫助他們最有效的辦法。

「接納」是我們用得很順的詞，它往往意味著積極轉變的開始——正面的情緒在漲，負面的情緒在消。任何一個詞彙，在用得很順的時候，常常會不假思索就從嘴邊滑出來，當一個人沒有悟出「道」的深意時，喜歡用「包治百病」的架勢告訴別人，你要接納自我，要和自我和解。

但是，這是個複雜的世界，這個世界的事情，也不會只有這樣簡單粗暴的解決辦法，我想要真正幫助她，應該進入她的情境，理解她對於「道」的認知基礎。需要停下來推敲推敲，深入到這個具體又複雜的情境裡，知道自己到底在說什麼、想什麼，接納在什麼情況下是好的？什麼情況下是不好的？

如果說，一個人醜、笨、懶、窮、粗心，諸如此類，就應該一股腦全部都接納嗎？乃至貪財、好色、撒謊成性，要不要接納，和它「相處」？當我們對一個人好，換來的只是這個人得寸進尺的時候，我們是不是還要接納呢？

答案顯然是否定的。

正如《道德經》之中所說的：「五色令人目盲，五音令人耳聾，五味令人口爽，馳騁田獵，令人心發狂，難得之貨，令人行妨。是以聖人為腹不為目，故去彼取此。」

就連聖人也是要「去彼取此」的，但是我們在安慰和開解別人的時候，卻總是要別人「接納」，從自己的身上去看問題。

其實，我們能從自己身上改變的，只有我們的認知，即我們看問題的角度。看問題的角度，和把問題歸結在自己身上是不一樣的，有全域的認知能力就會知道，這個問題的關鍵點在哪裡，我們應該從哪裡去解決，而不是一味地自責，或者說一味地指責他人。

如果我們是個積極的人，對於我們能改變的那些東西，我們一定要想辦法改變，對於那些根本就不是我們錯誤導致的問題，我們也不需要一味地內向歸因，而是要勇敢地和糾纏在我們生命裡不合適的人、不合適的事切割開。

我有一個習慣，一旦發現自己的三觀和周遭的朋友不合時，也不想過多解釋和爭論，只是內心真誠祝福對方，但是我們已經選擇了不同的道路，這種時候最恰當的行為，就是相忘於江湖，我往往會默默地封鎖某人（雖然到目前為止，也只封鎖過幾位）。

　　孔子曾說過，當你的父親用小棒子打你的時候，可以受他一、兩下；而當你的父親要用大棒打你的時候，要勇敢地逃開。做這些決定的前提是，我們已經認識到了問題的複雜性，我們不會用單一的方法，來解決那些看似差不多的問題，我們能從這些差不多之中，找出它們的區別和不同來，從而實施我們自己的對策。

　　但是我們實施對策的前提是，我們有屬於自己的複雜系統，我們有自己堅定的認知，不是被人撥一下才動一下，要主動思考，捉摸自己思維體系的建立，對我們遇到的這些事情，有複雜深刻的思考，並想辦法改進。

　　很多道理，從它們適用的場景來看，並沒有任何問題，問題在於我們在這個複雜的世界裡，把不適合這個情境的道理搬了過來。我們沒有看清這件事的本質，就想用經驗來解決它。

　　在沒有看到一個東西的本質時，我們的頭腦不能偷懶，而是要對它進行分析思考。而當我們認清了一件事情的本質時，我們就能用最核心、最簡單的方式來解決它，並且在這樣的良性迴圈之中，越來越堅定我們的內心，穩定我們的修行。

　　修行正如過坎，沒跨進門檻，是數仞宮牆，跨進去，就登堂了，再往裡面，就入室了。熬過前期建立複雜系統的痛苦，就會獲得真正意義上的大自在。

智慧，處理情緒的良方

　　在一篇公眾號上，讀到了朱光潛先生勸慰青年的一封信。在信中，朱光潛先生勸慰這個陷入迷茫的十八、九歲青年，希望他能擺脫暮氣，努力向學，不要把自己一時一地的得失和當下的痛苦看得太重要。

　　這篇文章也引發了我的一些思考。美學大師在談起人生智慧時，亦是娓娓道來的態度，並沒有因為這個青年這些無足輕重的煩惱，就對這個青年擺出一副年長者對無病呻吟的愣頭青的不屑態度，而是詳細地解釋，一個人為什麼要有更高的智慧，為什麼要從更廣泛的角度去看問題，為何這樣做就可以消解掉人生的大部分煩惱。

　　這篇文章的創作語氣，比這篇文章更能證明美學大師朱光潛的人生智慧。

　　遇到事情先從自己的角度自省，對世界釋放善意，才能獲得這個世界的饋贈。其原因很簡單，這個世界是動態的，當下的問題，不是因為當下的事情產生，而是鑲嵌在一個動態的因果過程之中，只有我們有意調整，才會慢慢地往更好的方向

改變。

　　而智慧，就是有意識地把我們的內在思想，向著更廣闊的領域調整，只有這樣，才能看到更廣闊的天地，聯結更多的人，自然也就會有更多的人來幫助自己了。

　　我一直都相信，更優秀的人都是心裡有別人的人，是更有社會責任感的人。因為只有這樣，才更能和這個世界互動，更能和別人合作，更有效地和別人建立良性的連接，並因此而產生向上向下無限延伸的效果。

　　如果一個人總是處在糟糕的情緒之中，主要是因為把自己看得過於重要，眼中不能「無我」，就沒有辦法虛心，沒有辦法接觸到更大的世界。

　　一葉障目的根本原因在於：智慧不夠。鑽牛角尖的人和心胸開闊的人，看到的雖然是同一個世界，但是得到的分析結果卻全然不同。擁有更高智慧的人，因為其看到的角度更廣，對事物的理解程度更深，自然也更能向下包容和理解；而偏狹之人，因為自我封閉，接受不了更廣闊的資訊，自然也就看不到更全面的世界，容易困在自己的固化認知之中。

　　在這裡，「智慧」指的其實是一種更符合人性的高級認知，這種高級認知，才是人潛意識之中永恆的追求，只是大部分人並不能認知到這一點，他們或以為自己擁有了錢就擁有了一切，或抱著一種「頭疼醫頭腳疼醫腳」的態度，去解決自己

的問題。

　　擁有智慧，才能擁有長線思維、動態思維，才更能看清人生的本相。如果我們始終處在一種動態的「均衡」狀態裡，我們的生活也會因此而更加安適。

　　我曾經在一篇研究腦神經科學的論文中看過，對於成人來說，在一個獨立學習的前後，我們認識世界的問題方式和結果，並沒有發生根本的改變，無論是圖像事物還是聲學事物，我們感知的基礎模式沒有發生太多變化。

　　但是，為何擁有智慧的人在處理情緒時，會得心應手呢？我曾經看過一則報導，哲學系的教授平均年齡都在九十歲以上，原因就是因為他們在面對生活時，擁有更高級的認知，和更深邃的人生智慧。

　　人性本身就是微妙而複雜的。雖然人性是複雜的，但是人也是動物，只是在動物的特質上加上了一層人性。人性的本質，是處於動態的變化之中的，當我們學到了好東西、新東西，我們也會感到開心，這是因為創造是人類的本質屬性之一，當這種創造越完備，我們就會越快樂。

　　基於我們自身的體驗，學習體現為改變舊的認識模式和形成新的認知模式，就是一種符合我們人類本質的創造。在這種改變的過程之中，當我們認識到了更大的世界，看到了更多人的需求，當我們能認知到這一點的時候，我們就不會計較自

己在一時一地的得失了。

　　擁有智慧的人，在有意識地訓練自己的大腦、在追求自我改變時，力求建立大腦之中的高級聯繫，智慧就是這種認知結果的外顯。

　　道家云，上善若水，水利萬物而不爭，說的就是人的這種可塑性，和我們在這種可塑性之中，不停地完善自我，找到內心平衡的狀態。

　　找到更高級的認知，擁有更深的智慧，就能建立更完備的自我，我們藉此而擁有更多抵禦時光侵蝕和自我消耗的能力。

　　萬物皆有源頭，智慧如光束，照亮我們的來路和前程。

心亂一切亂，心安一切安

德國哲學家康德曾經說過：「這個世界上唯有兩樣東西，能讓我們的心靈感到深深的震撼：一是我們頭上燦爛的星空，一是我們內心崇高的道德法則。」

這句話，和道家之中所謂的「觀心」、「慎獨」有類似的相通性。古人云：「心外無物。」說的便是我們對世間很多事情的認識，往往基於我們自己觀察的角度，和對這件事本身的體悟。

我想起了最近寫下的一些文字，和最近觀照自己情緒得到的感受。我一直認為，創作最大的技巧不在於技藝，而在於，人要遵照自己內心的感受。只有將自己內心的感受，準確地表達出來的文字，才能動人。那些不能準確捕捉自己內心感受的人，是因為他們忽略自己的真實體悟太久了，總為外物而心動，久而久之，就以為世俗的標準是自己的判斷標準，彼時心靈就會為此而蒙塵，感受也會因此而扭曲。

去年有一部非常不錯的電影，名叫《幸福綠皮書》，拋開故事不談，我覺得整部電影最難得的地方，就在於它在處理

這麼龐大的社會議題時，始終沒有偏離一個人的內心世界這一焦點。它沒有成為一個社會議題的範本，而是深刻地表現著一個人的具體感受。

很多人並沒有意識到，當下自我有一個獨特的情緒，也就是現代社會所謂的「人格」，當一個人沒有觀照或者修煉自我的內心時，他們會按照別人或者按照這個世界對自己的要求，來定義自己的人格。很多人是沒辦法直接察覺到自我的個性是如何的，都是看別人的評價來意識到自我。只有那種真正明白自我內在的人，才能真正形成自己的獨立人格。

而修心，就是完成這個識別到自我心性、尊重自我感受的過程。是將自己切換到最純淨的狀態，再回過頭來看那個原本的自己的「人格」。

在此過程中，就會發現自己各種各樣的問題。而「修」，就是對這個問題進行調整和修正，「真」，就是讓我們自己回歸到最純淨的狀態。在這個狀態下，我們才更能明晰自己的感受，更能建立和這個世界的聯繫，更心甘情願地安處在返璞歸真的狀態之中。

這個世界上的很多事情，都是由人的心境決定的。就像我閱讀過的一篇文章之中寫的那樣：為人處世若總覺得困頓煩惱、行有不得，往往問題就出在心境上。很多時候，同樣一件事，因為我們的心境不一樣，處理的方式不一樣，結果也就會

全然不同。

　　著名小提琴家帕爾曼，曾在紐約林肯中心舉行過一場級別很高的音樂會。本來一切都非常順利，但就在演奏完前面幾個小節時，小提琴突然繃斷一根琴弦，琴聲也戛然而止。

　　所有演奏者都屏住了呼吸，帕爾曼卻並沒有被這個意外影響情緒，他十分鎮定地微笑著，很自然地給指揮做了個手勢，示意他接著演奏。當音樂重新響起，聽眾也很快就忘記了剛才的意外，只覺得剛剛那是一曲終了的自然間歇。

　　帕爾曼也仍然愉快地用僅剩三弦的小提琴，繼續演奏著動人的音樂，最終，音樂會大獲成功。

　　其實生活也是如此，生活之中總有意外，生活之中，也常常會有各種各樣的突發事件和問題。我相信沒有人的生活會比別人輕鬆，但是有些人看起來就是比另外一些人要從容。那是因為，雖然煩惱一樣多，但是處理這些煩惱的心態不一樣，事情的結果就不一樣。

　　一件事的後續影響，往往取決於人們看待它的心態。如果盯著錯誤不放，它就會在心中不斷放大，影響人們的判斷，進而引發一系列壞事。

　　所以，要讓自己更安然地處在這個世界上，最重要的就是要修心。所謂修心，就是人要關注自己的內心，減少欲望和執念，定住自己，盡量不要讓外界的事情影響自己的情緒和思

維，而不是隨著外界的變化，任由自己的各種情緒來回變化起伏。

　　這一點，就是讓我們脫離煩惱的關鍵，一個人去修心，首先改變的就是自己的思維方式、對外界的看法，和自己的心理狀態。然後，可以讓自己變得更容易適應環境、社會，這樣的結果對個人來說，也讓他有了更多的可能性。

　　為學日進，為道日損。

　　心乃元神之本，識神之根。

　　心性修好了，智慧才能開，屆時就不需要吸收太多瑣碎的書本知識，自己憑感知就能鑒真假辨忠賢。

　　心亂一切亂，心安一切安。

完善自我

每個人都要找到屬於自己的那團火焰

外化而內不化

新年之新，功成事遂

百事之成，必在敬之

每個人都要找到屬於自己的那團火焰

　　去年皮克斯有一部叫做《靈魂急轉彎》的動畫電影上映——這部電影是用一個簡單的故事，講述了一個人如何去尋找自己的心靈依託，又是如何去發現自我天賦的過程。

　　在電影之中，二十二號經歷了很多導師，每個導師都想把自己認為好的那些東西傳授給他，但是這些導師都沒有能點燃他的天賦，真正點燃他天賦的——反而是他在地球上一段普通的經歷。

　　在經歷了一段追逐戲之後，他坐在臺階上，聞到了花香，聽見鳥語，看見葉落，感受到了午後的陽光，和人群往來穿梭的勃勃生機，他明白了生命的意義對每個人都是不一樣的。

　　這件事讓我想起《刺客聶隱娘》的導演侯孝賢曾說過的一段話，原話我已經記得不太清楚了，但是大意沒有忘。侯導說，他在童年的時候，除了打架，也會有一些更文雅的活動，比如說到芒果樹上偷芒果，也就是在這兒，在某棵芒果樹上吃某個芒果的時候，他被藝術之神撞到了腦袋。

　　他在那瞬間之中，感到了孤獨與寂寞，他感到了時間空

間的某種靜止，也就是說，他感到了自己個體與這個世界的永恆距離，他感到了這個世界的不變，也因此他預感到了自己終將消逝的命運。

可能是因為這一瞬間的感悟，他選擇了把自己的人生奉獻給了藝術。

我想，或許每個人終其一生，都在尋找著對自己有意義、能持續從中獲取快樂的事物，並透過積極地鑽研和努力修行，實現我們內在自我的真正覺醒，並以此找到我們真正的心靈寄託之道。

「道」的呈現，可能對每個人來說都是不一樣的，我們每個人都有自己的社會屬性，所以我們必須得做大多數人認為「對」的事情。但是，如果這些「對」的事情，並不是我們喜歡的，我們選擇這件事，遠不如我們做那些真正熱愛之事時的狀態。

只不過人生的旅程並不像電影，我們無法在一次心靈之旅之中，找到自己的火焰，相反的，我們一直都在做選擇題，可能要很久，甚至需要比對過很多個選擇，才能真正找到我們的方向。

學生時代的選擇題，大多都是四個選項，A、B、C、D，但是我們的生活裡，有時候要面對成千上萬的選項，比如選擇人生伴侶，比如我們的職業規劃……。

我們總是在不停地做選擇題，沒有明確選項、沒有標準答案的選擇題。而這些選項，往往並沒有標準答案，或者說，答案對每個人都不一樣。我們需要自己確定目標，圈定選項，最後做出決策，並承擔由此帶來的一切結果。

這個選擇，有時候並不能很快就得到回饋，它的威力可能要到很多年後才能顯現出來，我們要依賴因果律才能知道，我們在當時的選擇，是如何影響了我們以後的人生。

而找到屬於自己火焰的人，或許並不會獲得世俗意義上的成功，卻能讓自己度過沒有遺憾的人生。因為這是屬於自己的節奏，在有內驅力的人生裡，我們不光是靠著刻苦和勤奮在經營我們的人生，還有我們樂在其中的內在動力，這種內驅力讓人樂在其中，不以苦為苦。

而這樣的精神能量是怎麼形成的？答案其實就是──道法自然。

我們探索這個世界，原初的興趣就來源於我們的好奇心，對知識的渴望、對未知的探索，是一種奇妙生命體驗。這個世界本源的「道」引導著我們，讓我們從而在這個世界的交流之中，找到屬於我們自己的平衡。

其實，《道德經》的高明就在於，它告訴了人們一個簡單質樸的真理：尊重事實，尊重自然，尊重自己與生俱來的特質，順勢而為，按規律辦事，就能得到我們想要的結果。

從天地視角來看待我們所擁有的一切，順應我們的天賦去做事，而不是從自己的好惡和社會的要求，去強扭某些東西。

自然的魚在水中遨游，鳥兒在天空之中飛翔，蟲子在草叢之中鳴唱，太陽、風、花、樹，它們一直都是它們，沒有任何問題。

但是人心並不是如此，我們的選擇，往往會受到文化價值和社會因素的影響，若是我們內在的自我，符合社會標準倒也還好，若是不符合，很容易就造成了評判、分別，以至於陷入到「名相」之中，辨識不到事物的全貌。當一個人做出一些旁人不能理解的選擇之時，往往會受到各個方面的壓力和非議，但是如果自己清晰所追求的是什麼，並且能夠堅持下去，日子長久之後，結果定有呈現。

年少時，我們總是被教導，一切以結果為導向，所以當過程漫長又看似得不到想要的結果時，我們總會急忙放棄，或者轉換頻道。就像一篇如公眾號一樣的小文，可能也就寥寥兩千字，多數人只肯看一眼首段，就跳到了結尾，希望看到結論為何，能耐著性子看每個段落的人少之又少。

正因為我們慣於帶著自我判斷與喜好去面對一切，我們所能感受和體會的越來越少，內容越來越一致化。而我們的人生何嘗不是如此？我們或許都錯過了落英繽紛與斜雨霏霏。

細雨濕衣看不見，閑花落地聽無聲。所以，常無欲以觀

其妙，常有欲以觀其徼，說的就是從沒有自我好惡的角度，去觀察時間萬物作焉而不辭，但同時又從我們自己的內在出發，從自我的角度觀察它的另一面向，方便我們能從觀照之中認識自己，認識世界。

對知識的好奇心，對廣闊天地和自然的嚮往，對人在這個世間精神價值的追求，是建構我內在的基本框架。這麼多年來，我所追求的一切，都是在這個框架下進行的，我對自己的觀照，亦以這個框架為標準。

英雄不是為了成為別人，而是為了成為自己。

外化而內不化

前幾天看到一則新聞,九〇後辭職率居高不下(當然也有很多是因為疫情之下,被迫失業的群體),許多二十多歲的年輕人,在工作中由於找不到興趣、加班多、受不了上司的苛責等原因,選擇毅然離職。其背後的原因自然是多方面的,其中一位受訪者的回答,倒是很坦誠:不是工作沒有意義,而是人生沒有方向。

儘管如此,對於年輕人,我們永遠充滿期待,期待九〇後的熱情與前行,更期待〇〇後的勇敢與無畏。

年輕人是這個社會上最新鮮的血液和動力,他們可以蕩去汙垢、洗去固守、衝破枷鎖、掙脫牢籠,他們可以為了自己、為了家人、為了朋友、為了陌生人挺身而出,這是何等的勇氣與力量。

羅翔老師曾說:「勇氣是人類最可貴的品質。」

我也深刻認同,勇氣能帶著人向光明前行,哪怕烏雲壓頂,那縫隙間的一絲光芒,都值得令人期待與欽佩,誰又能拒絕光芒的力量。

想起自己很年輕時，也時常在迷茫人生何處是歸途。摸著石頭走到現在，談不上功成名就，但內心確實越來越清明，認可當下便是最好的時候。許多當時認為至關重要的東西，如今看來實在是不值一提，或許每一個人都會有在社會橫衝直撞中，幡然醒悟的時刻。

　　年輕人的心路歷程，大抵上是相同的，喜歡特立獨行的服飾，對於與自己相左的意見，會直接表示反對，我行我素，一片赤誠地展示著自己的各個方面，恨不得讓所有人知道真實的自己，一路跌跌撞撞，覺得世界殘酷凶狠，自己身處其中，孤身難保。

　　一片赤誠本身沒有錯，但是如果這份坦蕩，並無法保護自己內心原有的秩序，甚至到了需要全心全意成為他人眼中的自己，或許就需要新的生存策略來維護了。

　　莊子在《外篇‧知北遊》中提出過一個概念——**做人要「外化」，而「內不化」**。

　　外化，是最大限度地順應外界變化和規則；內不化，則是最大努力地堅持內心的信念和稟賦。

　　現實世界中，我們身邊的人大抵可以分為四類：外化而內化、外不化而內化、外化而內不化、外不化而內不化。那些外不化而內化的人，外表上好像很特別，似乎遺世而獨立，實則內在是最世俗的，這是一種虛張聲勢的處事。

外化而內化，也是有幾分可悲在裡面的，這意味著這個人已經被生活完全的馴化了，他毫無保留地把自己獻給了這個世界，世界需要什麼，他就做什麼樣的人。

但換言之，他也是幸運的，這種狀態可以算是另一種境界上的「無我」，把自己當作一塊可以任意變形的橡皮，隨勢而為。然而這種內化，往往是失去了內心的堅守，只剩下了一副外化的軀殼，隨波逐流，無根浮萍。

而這種內不化的情況下，就出現了截然不同的兩個派別：可以稱為玉碎派和瓦全派。

有一句成語：「寧為玉碎，不為瓦全。」是指身為君子，要有高尚的氣節，寧願做高貴的玉器而破碎，也不願做低賤的瓦器得以保全，從而保全自己完整的人格和本心。

外不化而內不化的這群人，是一群夢想的獻祭者，也就是玉碎派。

我們自古以來的入世教育，都是推崇這一行為的，不管是寧死不降的文天祥也好，還是死諫的王嘉，我們對於這種把內心的信念全然外露的人，一向是敬重的，這份敬重裡還帶了一絲畏懼和嘆息。

常言道，**過剛易折**。個人再強勢，也還是時代中的一粒塵埃，難以與之抗衡。畏懼其熾烈的火焰，嘆息其火苗的易逝，終究成為一閃而過的一束花火。

因而莊子所提出的這一處事理念，確實是極為精妙的一種原則。

　　外化而內不化，便是外圓內方，無論與人交往中是多麼的平易近人，日常看起來是多麼的不起眼，只要心中拿得定，有萬夫不能與之爭的信念與堅守，便能無懼外界變化，恆久地守護自己最重要的核心。

　　這樣的處事思維，是一種效率極高的行為方式，千百年來，我們已經形成了各種各樣的公序良俗，和心照不宣的潛臺詞，在不影響自己最終目的的情況下，遵守這些外在綿延良久的習慣與風俗，可以避免掉許多不必要的麻煩。

　　人的精力畢竟是有限，全都用在反叛不痛不癢的事情上，那便沒有時間去做更為重要的事。這種精力分配不是隨心所欲的，而是在目標篤定的情況下的精心安排。

　　如此看來，最重要的事便是內不化。內部的建設不是一日之功，外化我們有許許多多可以參照的範本、榜樣，甚至有已成型的書面材料供我們學習參考，可以在短時間內，達到一個不錯的效果，但內不化所需要的完整而堅挺的內在，不是短期就可以實現的。

　　我們現在的社會中，大多數人讀完大學，初出茅廬不過二十二、三歲，再加上研究生階段，時間更長。

　　長期的校園生活，是很難幫助一個人建造一個完整的內

在體系的，這或許是為什麼九〇後離職率很高的原因，因為迷茫。

我很喜歡梁永安教授在談論工作與熱愛之間關係的態度。青年時期大部分時間都是處在不適區，對社會、對世界的認識都是很受局限的，因此自己的目標設定也是很受局限的。

我們是活在人的世界裡，工作也是在人的世界裡，每一個行業，都聚集了不同階層的人，在這種具體的工作中，我們才能真實的感覺到人間的不易，看見每一個人的無奈與艱苦，這個過程中，我們所發現的熱愛，就充滿了含金量。

熱愛，其實就是自己給生活下的定義，我們走這麼遠的路，吃了許多的苦，都是為了那份持久的熱愛。這一份熱愛，就是我們內在所要堅守的品質，也是在今後瞬息萬變的形勢中，可以自我保護的部分。

所以辭職也好，繼續工作也罷，都是在探索自我的路上不斷前進的。

如果辭職時，已經發現了內心所需要的東西，是為了換一種方式去與這個世界相處，那這個舉動就是很有意義的；如果辭職是衝動性的，看起來瀟灑肆意，但背後卻是人生的碎裂，單純為了逃避而逃避的人生，是無路可逃的。

這個世界不是為了某個人而設計的，我們生活在這個世界，在與之碰撞中，發生不適甚至鮮血直流，是無可避免的，

我們最終都要適應這個世界，唯有與外界握手言和，才能保有自己內心的世界。

在一次次的挑戰中，心懷敬畏、不斷突破自己的極限，發掘自己的潛力，明確自己終生奮鬥的目標。

追風趕月莫停留，平蕪盡處是春山。

新年之新，功成事遂

　　農曆新年有著足足的儀式感，新的起點，總是有許多欣欣向榮的想法湧現，但大抵不過是工作進步、身體康泰、親人和順，所有的希冀，都逃不過「功成事遂」四個字。

　　《道德經》云：「悠兮其貴言。功成事遂，百姓皆謂我自然。」最好的統治者是多麼悠閒，他很少發號施令，事情辦成誰之功？百姓會說「我自然」。這種無為而治，其背後是每個人的高度自治，理想狀態無外乎此。

　　去年在劇本殺店裡認識的幾位小姐姐，無論從樣貌體態還是精神活力來看，都如同朝氣滿滿的年輕少女，洋溢著對生活的熱愛，和對未知的好奇探索，不為自己設限，也不隨意對他人的生活品頭論足，總是帶著美好的心態，去面對旁人不一樣的選擇，這樣滿格的生命力，總是能讓人感受到生機與希望。而生活之中，她們在自己感興趣的事業上，亦做得有滋有味，同時愛好廣泛，從哪個方面來看，都稱得上是值得欣賞的人生。

　　從一個旁觀者的角度管窺一二，她們對自己的自我要求

與自我實現，工作嚴格，生活隨性，這便是人生的自律。人生本就是一場微妙的平衡，我們看到了結果，追根溯源，唯有「君子慎獨」是永恆的追求。

君子慎獨，是無論身處何種境遇，無論有無旁人知曉，都以一種別無二致的原則來要求自己，一個人的人生，從來不是活給別人看的，而是以一種定心面對自己的生活。內心以鏡自觀，自明得失，自負盈虧，我雖存於世，但我的心不受世間羈絆，我以自己的準則來行此一生，不放縱、不放肆，卻隨心所欲不逾矩。

說到底，還是需要較高的自我道德要求。要求不是束縛，束縛是外在強加的，終究會讓人不快樂，要求是內心自發產生的，是日復一日的自省與修道中，逐漸醒悟的自我意識，主動想要追求更好更充盈的狀態，由內而外，從而實現個人整體的提升，實現蛻變。

不欺暗室，方能不欺本心。

佛洛伊德對於「我」的分析，分為本我、自我、超我三部分。本我即原始的自己，包含生存所需的基本欲望、衝動和生命力，它唯一的要求就是獲得快樂，追求個體的舒適，遵循「快樂原則」；自我即自己可以意識到的執行思考、判斷、感覺的部分，它在尋求「本我」衝動得以滿足的同時，保護整個機體不受傷害，遵循「現實原則」；超我，是人格中代表理想

的部分，要求自我按照社會所接受的方式去滿足本我，遵循「道德原則」。慎其獨所需要的，其實也就是以超我控制自我，實現本我，靜其心，安其行，守其道。

以此反思自己在過去的一年，有一些「本我」站出來大行其道的時刻，為了一時的快樂，在自己獨處時不夠自慎，偏於自溺，從而有一些事不如所願。新的一年，唯有加強對自我的要求，慎終如始，方能得償所願。

人有悲歡離合，月有陰晴圓缺，世間多以遺憾見事，少以完滿為結。缺憾常常被視為一種美學，但美與否往往在於看事情的角度，如同一句「放下」，何為放下，有拿起才有放下，有缺憾才有圓滿。

話說「一體兩面，陰陽分二，凡事看兩面，遇事多三思」。而在這方面，我總是做得不足，常常熱血過頭，說了、做了一些本可以變得更圓融的話語，末了，又忍不住私下批評自己一番。這個過程本身，也是一個自我發現與認知的經過，透過自己的「不完美」與「錯誤」，來更認清自我。

這不是為自己的新年計畫所預設的藉口，以免一年忽忽悠悠過去，發覺自己好事多行半，給自己一個體面的退場理由。而是站在一個更開闊的立場上，面對未知、面對風險，不以結局定性，不以失敗為恥，因果相應，天命不可違，人力需盡心。

細細思量，人生的很多命數雖然已然註定，但畢竟依舊

留給我們無數的可能性。很多事情我們無法選擇，但自己的本事總是能自己做主的，既然有可以握在手中的籌碼，自然應盡心盡力，用心使用現有的資源，不辜負時光，更不辜負自己。

其實，能否得償所願，終究是一個期望。這個「願」，不必完美，只要無愧於己，能比新年之初稍有進步，就是一種償願。萬事萬物是沒有窮盡的，蚍蜉撼大樹，可笑不自量，吾生也有涯，而知也無涯，以有涯隨無涯，殆已。

我們應當意識到，自己的有限性和世界的無窮之間的差距，接受這種客觀事實的同時，依然以慎獨之心處於世，以緩慢但從不停滯地步伐前進，結什麼果實無法控制，我們所擁有的，是《種樹郭橐駝傳》中的「能順木之天以致其性焉爾」的態度，果之將何，功在前之。

但行好事，無畏前程。慎獨處之，不欺暗室。

陰晴圓缺，皆有因果。功成事遂，水到渠成。

新的一年，與君共勉。

百事之成，必在敬之

人真是適應能力很強的生物，從疫情封控到如今，已經有不少人「陽康」過，其實也不過半個多月的時間，大家就已經很有默契地轉換了思維方式，全心投入在當下的病毒鬥爭中。這段時間，我們每個人都拚命汲取著各種症狀的應對方法，無論是普通人的康復經驗，還是專業醫生的科普分享，都勉力一試，希望能立竿見影地緩解不適。效果雖說是因人而異，然而這股對康復的渴望，卻是空前的一致。我的染疫體驗，並沒有給親友們帶來什麼有價值的資訊，因為自己是幸運的無症狀感染者，除了有些乏力、食欲弱之外，並無明顯不適，但我的親友之中一些人，正經歷著各種未曾預料的痛苦與磨難。

聽閨蜜說，她在病中嗓子疼痛難忍之時，確是夜不能寐，在床榻輾轉中，對想出「刀片嗓」一詞的人暗暗佩服，過於貼切又形象，明明幾乎沒有人從事絕活技藝，卻真切地感覺吞咽的不是溫水，而是閃著寒光的利刃。她也曾試了鹽蒸柳丁、花椒燉梨等網傳偏方，卻都是十分短暫的舒緩，在這份緩解當中，參雜了幾分心裡的期望之情，也是難以分辨的。

這份信任，倒也是十分容易被打破，只消試驗完畢後，症狀仍在存在，便在心裡對這一偏方重重劃去，滿腔的期待也化作幾句抱怨，趕忙去嘗試下一個可能有效的小偏方。

　　許久不生病的人，往往會忘記人本身有多脆弱。最近在新聞中看到不少高校發布的訃告，每一行文字的背後，都是一個人鮮活又充滿熱愛的一生，如今只殘留遺憾與悲戚。這樣的時刻，讓人充滿無力感，沒有人擁有改變過去的超能力，只會讓人對過去更加理解和悲憫，三年前的武漢，每一位市民，是經受了怎樣的切膚之痛和茫然無措。

　　正如 2019 年末，我在美國家中過春節之時，看到了那麼多來自於武漢的吶喊與無助，看到了突如其來那麼多人從鮮活到凋零，沒有預警、沒有準備，就這麼如海嘯地震般鋪天蓋地而來。那份恐懼與痛苦，從一張張圖片、一篇篇微博求助帖子中滲透出來，讓身處陽光普照之下的我，生出一份惡寒，因此開始了《孟婆傳奇》系列第三本《沅宸篇》的創作。

　　如今，三年後的冬日，在我自己也經歷了疫情的衝擊之後，心中充滿了敬畏之情。對生命的敬畏，對自然的敬畏，對無知的敬畏，對未來的敬畏，以及對道法的敬畏。因為我們太渺小了，我們生於這天地間，似乎在近幾百年的飛速發展中，站在了自然界的頂端，但其實自然界只要輕輕撣一下肩膀，我們就會陷入岌岌可危的境地。

狂妄不僅僅是來自無知，也來自幻想，有時候，即便我們知道了一件事情的壞處與危險，但由於這種知曉是理論性的、制式化的，我們很難把這種後果與現實聯繫起來。甚至由於在幻想中，我們自身的形象過於高大，而錯誤地預判了問題處理能力，這種時候，我們並不會認為自己是狂妄的，而是真心實意地認為，這是一種自信的體現。而當靴子落地，問題如同洪水一般傾瀉下來時，才會在狼狽的現實面前，不得不承認自己的錯判和狂妄。

　　每一個人都會有犯這種類型錯誤的可能，而且越是曾經履歷光鮮的人，也容易發生這樣的錯誤。這也是無可厚非的，畢竟每個人都有一些經驗主義的問題，當我們總結過往的閃光時刻，很容易將那些熠熠生輝的瞬間，當作是自己的常態，從而在面臨新事件的時候代入進去，秉承著人定勝天的信念不屑一顧。自信與自負之間，或許就差了一份敬畏之心。

　　《圍爐夜話》中說：「立身之道何窮，只得一敬字，便事事皆整。」無論人與人之間、人與聖賢之間，還是人和神明之間，相處之道的根本在「敬」字。敬是一種發乎內心，莊重、肅穆、專一、認真的精神涵養，有了這樣的「敬」，才能收斂身心，專心一志，達成內外如一，知行一體。

　　知道了敬字，便能把自己放在下位。下位是學習位，是感受位，也是成長位。明代方孝儒有一句話說得很好：「凡善

怕者，必身有所正，言有所規，行有所止，偶有逾矩，亦不出大格。」心存敬畏，就不會為所欲為，懂得凡事適可而止，懂得如何捨取；心中沒有敬畏，便會肆無顧忌地奪取利益，褻瀆了生命，是要得到「天意」的懲罰。

如同在這場幾乎無人倖免的疫情肆虐中，泛娛樂化的文化氛圍，催生了「尊敬的奧密克戎大人」這樣玩梗式的表達，雖然觀感不佳，甚至被一部分人認為是站在病毒的一端，然而抽絲剝繭地考量，背後也是一份怯懦的敬意。

只是這份敬意中，是否有了那麼一些卑躬屈膝與自我催折，也是只有說這話的人自己知道了。每個人的修行都有其獨特之處，如果說生活即是修行本身，那每個人的 24 小時都是不盡相同的，長此以往，自然大相徑庭。做好一份既不過分卑微、也誠心實意的尊敬，實屬不易。

這份恰到好處的尊敬，有些難以形容，但我想到了一個十分契合的人物範本——海明威《老人與海》中的主角。他敬畏大海，但他不因對大海的懼怕而退縮，他與大海相比既孱弱又衰老，但他用自己驚人的意志力和勇氣，奮力與大海抗爭。儘管最後筋疲力盡，只換回了大魚的骨架，但他也收穫了靈魂上的尊嚴。

這可能是所談論的一種真正的尊敬，不是在強權威懾下的屈服，甚至不是一種真誠的臣服，而是對於明知比自己強大

無數倍，也依然抖擻精神，願意全力以赴的一份赤誠，我敬畏自然，但我依然捍衛我生存的權利。

　　從這個角度來看，或許更能理解一部分人對玩梗式的稱呼「奧密克戎大人」的鄙夷和厭惡了。我們是應當敬畏自然的神奇與強悍，敬畏其他生物的強大與神祕，但與此同時，也要敬畏我們本身，我們一樣是大自然鐘靈毓秀的產物，天地既生我，我便該活得風生水起。

　　愛己與愛人，平等而視，才能掌握各種關竅，做到遊刃有餘。

　　人是很容易被輿論環境所影響的，不僅僅是影響心情，更容易在無意識中被種下心錨。無論是狂妄不可一世，還是畏縮不敢前進，都非可以成事的長久之相，越在這種各種想法縱橫之時，越要保有敬畏之心，清明之心，看得清守得住，方能行得定，走得遠。

　　寒冬終會冰雪消融，初春終將花滿枝頭。

平凡之路

生如芥子，心藏須彌

合抱之木，生於毫末

芻狗該有的模樣

風雨常駐、試煉己心

善行無跡

生如芥子，心藏須彌

　　最近聽歌時，聽到一首新歌，是由 2007 年那一屆的幾個快男一起創作的，《活該》。曲調搖曳，帶著三分感傷和七分淡然，好似平常地訴說著人生的起起落落，兵荒馬亂。

　　那一年是選秀節目的巔峰時期，觀眾們真金白銀地透過簡訊，投票給自己支持的選手，冠亞軍都是紅極一時的頂流。只是十五年的時間太長、變數太多，人海翻湧，如今也是事過境遷了。當年那批唱著歌的意氣風發的少年，也成了時常回憶過往，笑著開這些年自己玩笑的中年人，若不是偶然聽到這首歌，我已然將他們忘卻了。

　　青春是一個太美好的詞，想起來總是脫離不了夏天，一定少不了明晃晃的豔陽下，毫無目的的奔跑和笑鬧。或許是因為很多個離別都在盛夏，再熱烈的天氣，也在不捨的氛圍下變得潮濕，關係變得更加牽絆。

　　我也不由得想起十五年前的自己，也就是二十出頭的年紀，較之現在，當真是不一樣的心境和處事。基本上，每個人在年齡尚輕的時候，都會更加的鋒利和剛強，會對世界有著更

強的野心和掌控欲，也有著更強而有力的反抗欲，雖然也能意識到世界的宏大，但卻覺得自己可以睥睨之態，掌握自己的人生。

真正落地到生活中，才在瑣事中發現，航行的舵手雖然是我們自己，但海上的風浪卻不是個人可與之抗衡的，才更加明白《老人與海》的悲壯和無奈。一個人可以被毀滅，但不能被打敗。

很難不為生活所動容。

我素來喜歡看書、聽歌，享受被語言擊中心靈的時刻。《活該》歌詞中有一句：「誰不曾有過，賊荒唐的青春。」每個人都有回想起來唏噓不已的經歷，感嘆著自己的年少和鋒芒畢露，明白自己只不過是人間一粒沙。

「生如芥子，心藏須彌。」這是出自佛家的一句話，出生何處，我們無法決定，但即便卑微如芥子，也可以在心中裝著一片大海，嚮往著充滿詩和遠方的蔚藍天空。芥子是微塵，須彌是大山。

這些年，越來越能接受自身十分微小這一觀點，並且不會因此感到自卑或愧疚。坦然的接受，就如同山川河流早就存在一樣，我自身在世界中的位置，也是早就定好的，並不妨礙我做想做的事、見想見的人、讀喜歡的書。

張愛玲說：「喜歡一個人，會卑微到塵埃裡，然後開出

花來。」講的是在愛情中女性的卑微與歡喜，和芥子納須彌倒也有互通之處。我們看眼前的世界，如果一開始便能抱著謙卑敬畏之心，將更能發現世界的新奇和有趣，放的姿態越低，看到的群山越雄偉壯麗。

自然最開始都是想登上山峰，去看看山頂的風光，但往往登完一座山，才發現還有更高的山。人生不只可以是一個攀岩的過程，也可以是一個欣賞的過程。世上的高山數不勝數，並非每一座都是我們需要征服的，精力有限，要有容得下山峰河谷的氣魄。

前段時間，原新東方團隊做出的東方甄選，因為直播間的文化氛圍，而受到了廣泛的關注和認可，有人說這是知識的力量，是讀書人的一種勝利。我也曾點進去聽過一小段，確實相對不急不慌，有種閒庭信步的感覺。

可能喜歡讀書的人，大多有自己的書生意氣、天然情懷，所以更容易在詩意的描繪中產生共鳴。因為方寸之間的直播間，在知識的加持下，彷彿有著無邊無際的浩瀚和底蘊，所販賣的物品，也有了更多的含義和寄託。書籍，是我們流覽這大千世界的一種最簡單便捷的手段。

另一種就是生活本身了。小時候很愛讀書，母親總是說「開卷有益」，就算看農業知識的書籍，將來也能做個有本事的農民。大約一方面是為了討好母親，一方面確實是那時可選

擇的娛樂太少，就順從了母親的引導，看著看著便有了樂趣，覺得那是一個通往彼岸的門，常常沉浸其中無法自拔。

中學的暑假，常常駐留在南昌八一廣場的新華書店裡，免費蹭著空調和書籍。經常能記起書店裡的售貨員阿姨淺淺的笑意，她總是善意地給我使個眼色，引導我去一個偏安一隅的角落，無人打擾、無人問津地捧著一本書，這一坐便是半日。直到腹中咕咕聲響起，才驚覺已經飽午時分，便匆匆著將書本合好，去新華書店門外的小吃部，買一個火腿麵包就著水吃完，把有些油膩的手在廁所洗淨，精神十足地再次步入書店之中，去繼續未完成的閱讀……

我所熱愛的事物甚廣，在五花八門的經歷中，也對世界有了不拘泥於書本的認識。陽春白雪、下里巴人，都是這個世界的一個側面，不論是自己親身經歷的，還是與他人交談得知的，都是在一步一步地塑造自己獨特的世界觀。這其中加入的素材越多，便越能以一顆包容之心看待自己、看待他人。

正如《道德經》所言，有無相生，難易相成。世間萬物都是相輔相成的，有了對比，才有了一切。正是有了紛繁的須彌世界，才有了每一個微如芥子的我們，而我們也是構成這多姿多彩世界的重要組成部分，我們存在於須彌之中，須彌存在於我們心中。

所以，何言芥子微，須彌處其間。

合抱之木，生於毫末

　　最近的日子越發讓人感受到窒息，看著百業凋零，多少人叫苦連天，卻終究除了一聲嘆息之外，竟沒有第二個聲音可以發出。

　　紅塵煉心最是磨人性。

　　記得有一日，和友人談起世界上知名的預測大師們，還有道門之中有著「神通」的高道，以及那些大隱於紅塵之中修行的高人們。有時有人會問，到底什麼最難測呢？是「天災」嗎？其實不然，最難測莫過於「人禍」。

　　在《尚書‧太甲中》：「王拜手稽首曰：『予小子不明於德，自底不類。欲敗度，縱敗禮，以速戾於厥躬。天作孽，猶可違。自作孽，不可逭。』」引申到如今，大家已經習慣說：「天作孽猶可違，自作孽不可活。」

　　天機可測，雖然這需要靈性與修為，但畢竟天機是依道而行，既然依道而行，就有軌跡可循，有規律可遵。而另一邊的人心，易長易退山溪水，易反易覆小人心，人心怕是這世上最難測算的。

　　既然這人心無法推算，索性拋開這些，看向自然與遠方，從更遠更大的道去觀微。或許已經有很多改變，只是這些改變因為太小太細微，引不起注意，但發生的終是發生了，只是等待它由量變到質變的過程。

　　記得有一期的自然紀錄片，其中一集是追蹤拍攝一棵樹的成長。一粒種子從泥土中蘇醒，緩緩地頂破種子的外衣，伸出纖細的根莖向下生長，遇到小石礫時便迂曲向下，直到足夠深後，開始從主根莖上生出鬚莖，牢牢紮入周圍的土壤中。一場大雨過後，膨脹開的種子向上頂開泥土，伸出幼綠的嫩芽，顫顫巍巍，似乎隨時會因為風霜雨雪而夭折。但只消數月，便開始有了樹苗的樣子，抽枝散葉，樹幹也隨著時間增高變粗。

　　鏡頭一轉，畫面從俯拍的角度，開始欣賞茂密的原始森林，每一棵樹都有著巨大的樹冠，和直徑達四、五米的樹幹，讓人驚歎生命的力量。樹木的生命遠比人類長遠，我們現在所看到的每一棵參天大樹，都有著上百年的歷史。若干年前，它們也只是一粒微小的種子，經歷了無數的挑戰，躲過了成百上千次的危機，才有了今天呈現在我們眼前的模樣。

　　自然紀錄片總會讓我感嘆身為一個人類的渺小與普通，也總能讓我沉靜下來，去更加淡然平易地看待人世間的艱難險阻。我們是具有動物性和社會性的雙重存在，因此所遇到的問題，也會更加複雜多變，但這並不意味著其他生物比我們活得

更輕巧容易。有一個廣而接受的道理：人活著，沒有一個人是容易的。其實，其他物種也面臨著自己的困境與艱難。

就以樹木來說，即便長成了擎天大樹，一場山火就會將它們毀滅得無影無蹤，更不要說林木的幼年期，抗風險能力不足，無論是天氣的乾旱，還是動物的攀折與刨掘，都可能讓之前的努力化為烏有。只是樹木不語，我們便以為做一株植物是逍遙自在的。然而天生萬物，萬物皆有其苦；苦中作樂，方成人生大境界。

人進入社會後，因為自身所面臨的問題層出不窮，自顧不暇，難免會忘記自己兒時所面對的問題和苦惱，忘記了自己在作為一個少年時，是如何擔憂別人的看法，對許多事情不知所措。

而當自己稍微平順安逸之後，看到別人遇到的痛苦和難題時，指摘別人所面臨的生活考題不過是「杯中風暴」，卻沒有幫助他人開墾出遼闊的心田，解決實質的難題。人的喜悲並不相通，這就註定了無法一同成長的，若能像一個積極的拓荒者一般，掃除障礙、正視問題所在，去放手一搏的開墾、播種、耕耘，種下萬物看世間萬象，見天地雲霞。

合抱之木，生於毫末；九層之臺，起於累土；千里之行，始於足下。萬物起於忽微，終將，量變引起質變。

一個人的歷程是這樣的，一件事的成功也是如此，都是在

混亂的世界中，搖搖晃晃地起身、蹣跚學步、步履維艱，跌倒扭傷都是常態，每一次堅持爬起來，都是為了更遠的目的地。

　　總說人生不如意十之八九，其實是欲望太多又太急，地球不會圍著一個人轉，自然不會事事都如願，不如看開些，接受比失望更有用。但天地給萬物的滋養卻不會少，看日升日落、春秋冬夏，大自然的饋贈，讓一棵樹苗得以成為參天大樹；人亦如此，只要把握規律，循序漸進，必能終有所成。難的是日復一日、年復一年地持續成長。

　　遇到困難的時候，且行且歌，困難所產生的苦悶就化解了，自己也給予了自身無比的鼓勵，這比仰仗他人的依賴幫助要好。正如雨過天晴時去山野散步，沿著河岸邊，蔓草已經長出來了，這些草也不靠人澆肥施料，無人照管，完全是靠自己的生命力，漫山遍野的生長，這就是自得天機，自己站起來的。一個人想要實現自己，也需具備這般勇氣和韌性。

　　因而不必羨慕旁人此時的強大與輝煌，這一切都不是憑空而來的，種一棵樹最好的時間是十年前，其次就是現在。無論何時都可以把自己當作是一顆新生的種子，在自己所期待的領域，生根發芽。

　　始於微末，發於華枝。

蜀狗該有的模樣

　　這些天，小心翼翼減肥無果的我，索性自暴自棄地吃了一整個榴槤披薩。吃完之後，滿足地喝了一杯剛沖泡的上好鐵觀音，再點燃一份師侄子悅集家設計製作的香，看著香在標注了二十四節氣的香盤之上曼妙的姿態，竟讓人有些出神。

　　《道德經》中有一句名言：「天地不仁，以萬物為芻狗。」芻狗是古代祭祀時用草紮成的狗，代替活物被擺上神壇，祭祀結束後便會被燒掉。這句話的本意是上天對萬事萬物都是一視同仁的，風水輪流轉，強調時運與機會。

　　這其實是充滿勵志意義的，是另一層境界上的「王侯將相，寧有種乎」，畢竟當上天都不認為世間萬物有貴賤之分，自己又何必要給自己提前設限，一味地忍讓和退縮呢？

　　有一個反焦慮的觀點非常有趣，叫「每個人都活在自己的時區」。身邊有的人看似走在前面，有的人看似走在身後，但其實各有各的時區腳程，生命就是等待正確的行動時機。放輕鬆，會輪到你的。

　　和修行中的時運概念異曲同工，世間是流轉不停的，每

個人身上都會發生好事，機會來時，抓住它。

　　但這句話其實還有另一重含義，芻狗即便可以擺上神壇接受信民朝拜，最終也還是逃不脫被焚燒的命運，這是因為其本質沒有改變，依然是一堆稻草。換言之，是要認清自己。在山峰之巔，不忘來時之路；鼎盛之時，常思無名之微。如同芻狗一般，上可祭祖下可燒灶，高處不自傲，低處不自卑，明瞭自己是什麼樣的人、自己所處的境況，不卑不亢。

　　這是一種很難得的心性。我們常常在得意之時，忘記自己只是「芻狗」，當繁華落盡，一切塵土歸寧時，難以適應自己原本的身分，從而為了成為祭壇時信民所期望的那樣，在本不屬於自己的道路上越行越遠。

　　如同「內卷」這個詞的盛行，如果我們真實地相信社會達爾文主義，認為物競天擇、適者生存，實則是對人本身的一種侮辱與褻瀆。我們每個人都是頂天立地的無價之寶，無需用動物世界的法則來要求人類世界。一旦將他人當作自己的競爭對象，就一定會把他人物化，當成工具人，在這種攀比、競爭、對比的過程中，人內心的幽暗和獸性，就會被激發出來，最終忘記自己。

　　這裡就看出了這句話更寶貴的一層內涵，那就是，一個人是否能夠接受自己的獨一無二？獨一無二不一定是世俗認為的強大和美好，比如世人皆讚美玉，但自己卻偏是一塊石頭，

總希望可以像玉器一般奉於案几，流連於拍賣場，難上加難。一旦坦然接納自己真實的本原，就發現天地豁然開朗，石頭可以磨成各種利器，作石刀、成石斧，堅韌不嬌，大有自己的用武之地。

年輕的時候，我們總是認為人定勝天，相信奇蹟，相信努力就會有收穫。對得到的總是不滿意，認為現階段的自己不是真正的自己，真正的自己美好又果敢，存在於未到的未來。

後來經過世間的磨礪、心靈的修道，才認識到每一刻都是真正的自己，好與壞、優與劣，不過是旁人隨口而言的談資。真正的自己，並不存在於世間的評價中，怡然自得，從容地度過每一天，全盤悅納，才是生活的真諦。

萬物平等，眾生平等。帶了高低的色彩去看人，常常把自己也置於了更不堪的境地。

蘇東坡以詩文著稱，一次他與好友佛印禪師對坐閒聊，心下有意戲弄對方，便說：「古人常常以僧對鳥。」

佛印便問：「何以見得？」

東坡笑道：「比如『鳥宿池邊村，僧敲月下門』，又如『時聞啄木鳥，疑是敲門僧』，然否？」

佛印思忖片刻，回應道：「今日老僧卻與相公相對。」

一句話便把蘇東坡與當成了鳥，讓蘇東坡無言以對，羞愧難當。

不爭辯，有時遠勝於雄辯，因為真理不在口舌之上，而在心底深處。

與人相處，有一些人喜歡扮演說教者的角色，凌然於他人之上，出於自身閱歷的豐富，對他人的選擇苦口婆心，而這不討好的角色，偏偏是我常常扮演的。道教說「正己化人」，歐陽師兄總是提醒我，要努力「正己」，而我這「正己」做得有些勉強，在「化人」方面，我和仁豐師弟倒都是樂於嘗試。而我和師弟也常常提醒師兄，別光顧著「正己」，就捨不得耗費心力去「化人」。

雖然被我和師弟指點著，往往並不能領會其中苦心，更多的是話從心頭拂過，泛起點點漣漪，便罷了。畢竟我們沒有人可以代替他人度過一生，人生總有屬於自己的那面南牆，撞了也就釋然了。

說到底，經歷也沒有好壞，本著一視同仁的心去看待自己的人生旅程，會更加輕鬆，更加客觀自在。仔細一想，所有人的起點和終點都是生與死，過程是唯一自己可掌握操控的部分，當然應肆意暢然的去揮灑探索。

天地生我一遭，萬物與我同在，滄海不過一瞬。

風雨常駐、試煉乙心

　　這幾日因為一些事情打擾了心，不由得各種患得患失、長籲短嘆，也更加明白紅塵煉心的不易，在修行的路上，身邊的至親至愛摯友，都有可能化作試煉你的金石，他們讓你躲無可躲、避無可避地去面對每一次衝擊與壓力。好不容易收拾了心境，靜下來一個人看著窗外，煩憂的思緒卻總是在不經意之間浮現徘徊。

　　繁花似錦，柳密如織，只是造化一時幻化的美景，轉眼即蝶殘鶯老，花謝柳飄，可見好景不常在。惟有智者能識得時空的幻像，在最美好的境地裡，不為繁花沾心，密柳纏身，依然來去自如。但自己往往也是那個痴者，因好景不留而傷心，了無生趣。

　　想起去年有一場大雨，受颱風影響，狂風驟雨，第二天清晨，馬路邊遍地落葉殘枝，花壇裡幾叢瘦弱的灌木被連根拔起，淒苦寂寥地躺在泥濘中；粗壯的木棉樹雖斷了不少枝幹，但仍靜立路旁，巍然不動。

　　風雨從不偏向任何一個人，只看人是否有一顆「定心」，

定心源於穩定的內在，深植的意念，心中無波瀾，外在任風搖。

　　春秋戰國時期，孔子帶領弟子周遊列國，在陳國時斷了糧食，隨從的弟子們都生了病，子路抱怨說，君子也有窮困的時候嗎？

　　孔子答道，君子在窮困的時候能安守本心，小人窮困了就會為所欲為。

　　古時候得道之人，在困厄的環境下能快樂，在通達的情況下亦能快樂。心境快樂的原因，不在於困厄或通達，大道存於心中，那麼困厄和通達就如同寒與暑、風與雨那樣有規律地變化了。

　　人在大環境面前，確實是很渺小的，有時我們就如同風雨中飄搖的草木，唯有把根紮得深一點，再深一點，才能在暴風雨來臨的時候，站穩腳跟。

　　暴風雨有兩種，一種是外界有形之害，一種是內在無形之傷。外界之風雨難以預料，多不能避免，無論是工作上的挫折，還是生活中的變故，對每個人而言都是有可能發生的。

　　《次第花開》裡有一句很有力量的話：「允許一切發生。」一切的發生本身就不可阻擋，無論你願與不願，所以我們選擇讓它過去，不與之較勁。當一個人允許一切發生之後，就會成為一個比較柔軟的人，境隨心變，所有事情便都可以

包容。

　　內在之風雨，多為內耗，是我們自己給自己的折磨。這種是最磨人的，風刀霜劍嚴相逼，有時候是外面飄小雨，心裡下大雨，而且曠日持久，傷神耗心。這種無形之累，是我們可以透過修行之道，去控制和努力的避免，即練就定心。情緒穩定，埋頭紮根，內心永遠有豐盈的養分供自己生長，而不至於外面一點風吹草動，自己就先亂了陣腳。

　　五月天的《倔強》裡有一句歌詞：「我不怕千萬人阻擋，只怕自己投降。」柔軟且堅韌，外界不能左右，但我的心一定不能先行言敗。功夫不浮於表面，日復一日地錘煉自身，即便結果不如人意，也一定有春暖花開的那一天。

　　一日去朋友那喝茶，看到她的院子裡，有一年撒過薄荷種子，從沒有悉心照料過，但卻一年比一年長得旺盛。查了資料發現，薄荷的生命力極其旺盛，一旦這一株長成，便會蔭出一片，土壤下根系蔓延，又深又廣，年年發新綠，永不休止，這種蠻橫的生命力讓我動容。並非只有大樹才有保有自己的能力，微弱如草本，也有著傳承自我的生存之道，各人有各人的緣法，曲徑亦可通幽，殊途亦可同歸。所以，永遠不要低估自己的能量，也不要高估外界的影響。

　　天地既使萬物留存，自然萬物有其留存之道。天地既有風雨常駐，自然風雨有其轉化之路。如同被折斷枝幹的木棉樹，

焉知不會因此一劫，擺脫了多餘枝蔓的束縛，從而主幹生得更高，樹幹有更多的營養，可以長得更粗壯，變得愈加強大。

人亦如此。正如尼采所言：「所有殺不死我的，都會讓我更強大。」風霜雨雪中，我們難以保全自己的各個方面，但只要我們根基不變，站得定，守得難，散落的枝椏只會讓我們在接下來的歲月中，走得更加輕盈、更加順暢。

或許有人會覺得一旦如此，我便不再是我，實則人本就處在一個動態變化之中，無非是在變中求不變，動中求靜。道從來不是凝滯不前的，不破不立，時間和經歷，帶給每一個人的印記和感悟，都是新的我的一部分。

堅守自己的根，哪怕被風雨肆意侵襲，終究能扛過人生的風浪。

善行無跡

　　記得多年以前，有一次聽傅佩榮老師的課，傅老師說人心向善，人心或許並不本善，但是人心定是向善。

　　大愛無形，大音希聲。

　　我一直相信善有善報，但善之發心，優先是讓我們自己獲得了精神上的滿足與愉悅，而不是世人期待的等量物質回報。善行善舉，不一定需要宣之於口。

　　學會放下心中的計較，讓付出歸零，不僅是為自己的生活卸去沉重的包袱，更是給心靈一個棲息的所在。

　　記得我看過一個很動人的公益廣告片：一位女士正在報亭買東西，老闆卻以她給的錢是假錢為由趕走了她。女士很生氣，但也只能一邊抱怨一邊離開，等她走遠了才發現，自己的包包被拉開了一條縫。這個時候她才明白，原來報亭的老闆發現自己身後的人是小偷，為了保護這名女士，不得已才用這種方式把她趕走了。雖然他的行為遭到了這名女士的誤解，但是他並沒有計較，而是用自己的善良，巧妙地幫助了別人。

　　有人說，人與人之間最好的關係莫過於：「我的一切付出

都是一場心甘情願，我對此絕口不提。若是你願意投桃報李，我定然會十分感激；若是你無動於衷，我也不灰心喪氣。」

只要行善舉，並不害怕被人誤解。

其實，沒有一帆風順的人。人的一生，本就是一邊付出，一邊擁有；一邊失去，一邊得到。看淡了許多事，看清了許多人，不喧嘩，不聲張，自有不動聲色的力量。

思緒難平之時，不妨先保持沉默，讀書、聽音樂、喝茶，把五味雜陳的情緒安放妥當。用單純消解複雜，誤會才不會發酵，用沉默回歸理性，才不會因為衝動而做出錯誤的決定。

年少時，總是會很在意別人對自己的看法，聽到閒言碎語就耿耿於懷，被誤會了就急於爭辯，遇到一點委屈逢人就說。隨著年紀漸長，漸漸懂得與其苦口婆心地解釋，不如笑笑而過，問心無愧即可。

所謂成長，就是把心放對地方，把心態調整到最佳。用歸零的心態，和過去的種種和解，用全新的自己，坦然面對我們必須面對的一切。

記得我曾在書上看到過一個故事：

詹森博士他的父親經營一個大舊書攤，有一次，距離不遠處有個活動，大家都去趕集。這天正下著雨，他的父親想要詹森博士分一部分書籍，運到趕集的地方去販賣。他的父親接連呼喚他三次要他去，可是詹森博士這時正專心閱讀一本又厚

又大的書，竟假裝聽不見也不理睬，父親嘆了一口氣，只得自己親自去了。

這一年，詹森博士年十八歲。

五十年後，有一天中午十一時，詹森博士重回到父親的書攤。當地人看見這個體態臃腫的老人跪在街心，他把帽子夾在腋下，拐杖放在一邊，低頭跪在太陽下，熱淚直流。這時詹森博士業已成名，大家來到他身邊，詢問他為何如此。他告訴眾人說：「五十年前的同一天同一時刻，我假裝沒有聽到父親的話，現在，我跪在這裡懺悔。」

君子慎獨。

真正意義上的嘉行善舉，並不是為了證明我們是好人，而是為了對得起我們自己的內心。或許每個人對自己內心的考量不同，但是如果能夠對得起考量，自然心境可以平和怡然。那些別人看不見的地方，才是我們更應該注意的地方。

很多時候，我們做一件事，只是為了內心的澄澈，用樸實的話來說，就是讓我們自己內心好過。外界的回報和嘉許，有，固然很好；但是沒有，我們也不會因此抱怨。

一切本源，皆可向內尋求答案。

我們這一生，有很多時候都面臨著選擇。每一次站在十字路口，其實都是一次極其珍貴的機會。

《中庸》云：「擇善而固執之者。」

內心向善，然後堅持下去，最後終會發現，每一次都是一次全新的成長。心靈之美，並非與生俱來，而是在向善的過程之中懂得知足，試著簡單，抱著空杯心態，做一名大智若愚的「歸零者」。

浮生如夢

不知終日夢為魚

觀照之緣

虛無的宇宙

覺有八征，夢有六候

萬物歸一，宇宙之源

不知終日夢為魚

　　秋季是最適合回味往事的時節。

　　這幾日在香港見了好些許久未見的老友，數一數竟然有些八年、十年未見了，朋友們也都開始逐漸衰老，歲月的痕跡，總是在我們不經意之間，就落下了烙印。友人們圍坐著，免不了感慨一番，皆說有了孩子之後，時間似乎過得很快，孩子們在一日一日長大，而自身也在日漸老去，言語之中，竟然有了一絲傷感。

　　談著談著，又談及我寫的那些閒書，談及年少時的文學啟蒙，彷彿近在昨日。一位臺灣的老友她說，我永遠熱愛詩詞，小時候背時就覺得格律美妙，意境深遠，隨著自己的閱歷增加，更覺詩詞的獨特魅力。在某一時刻和古人實現跨越千年的共情，恍如隔世，宛若穿越。

　　我和友人都十分喜歡蘇軾的詞，欣賞一個文人，是無法把他的作品和他的經歷所分開的，因為人由事造，心隨境變，作品代表了一個人對自己生活經歷和所處時代的思考與感悟。蘇軾是一個一致性很好的人，知行合一，幾起幾落，卻永遠可

以在當下的境遇中發現光亮。

　　蘇軾的詞是宋代文史的一座高峰，和黃庭堅並稱為「蘇黃」，共為後人學習賞析的典範。黃庭堅和蘇軾也是亦師亦友的關係，被稱為蘇門四學士之一，同時又和蘇軾有著好友之誼，二人常寫詩唱和。後來還曾因為這些酬來唱往，在烏臺詩案中被蘇軾牽連，帶累黃庭堅也仕途不暢，晚年兩次貶謫，花甲之年死於西南荒僻之地。

　　晚年黃庭堅有一首詩：「此身天地一蘧廬，世事消磨綠鬢疏。畢竟幾人真得鹿，不知終日夢為魚。」詩句用典行雲流水，淡淡著筆，卻寓意深刻。

　　真得鹿是化用的蕉鹿夢的典故，說的是鄭國的樵夫偶然打到一隻鹿，藏於蕉下，狂喜之中竟以為是夢，一路喃喃自語，被另一人聽見，那人循跡而去，果然找到那隻鹿，帶回家去異常欣喜，竟也不知是夢還是現實。後來這隻鹿流轉幾人之手，皆以為是夢。鹿即為祿，人世間的權祿富貴，皆為虛妄。世上的人，有幾個是真正得到了權勢富貴呢？只不過是活在自己的幻想中罷了。世間萬物不過是暫時假借於我們，命運一時點中了我們，也就還會有點中他人的時候。

　　夢為魚出自《莊子‧大宗師》中孔子和顏回的對話：「且汝夢為鳥而厲乎天，夢為魚而沒於淵。」你夢到自己是鳥，便會在天上飛翔；你夢見自己是魚，便會在水中潛游。

215

人會做出各種表現，取決於他認為自己是什麼。而這種認知就像夢一樣，這種想法類似於主觀唯心主義，我們的生活是什麼樣子，不是由客觀因素決定的，而是由我們的主觀認識決定的。主觀性很強，但同時也説明我們的生活如夢一場，我們所擁有的，不過是內心真切的感受。

　　這二者類似於物質和精神的關係，我們追求的是形而上還是形而下，會讓我們走入截然不同的人生道路。如果我們計較的是財富的積累、名譽的傳播，我們可以在有限的生命中，暫時的擁有這些物質，但終歸這些都會成為社會的產物，在物質層面，我們只能作為一個持有者，和一切短暫的邂逅。

　　如果我們所嚮往的初心，是一個沒有現實利益牽扯的精神世界，我們將在自己的精神家園中，獲取無人可剝奪的體驗和經歷。所謂身死魂不滅，就是我們創造了一段獨屬於自己的人生歷程，並刻畫了自己的故事。如同《尋夢環遊記》所訴説的觀點：死亡不是生命的終點，遺忘才是。

　　對每個個體而言，我們首先要滿足自身的生存需要，才能繼續追求其他美好。所以我們有物質層面的要求是無可厚非的，如果這份追求只是停留在物質水準的不斷提高，勢必是會造成精神世界的貧瘠，這會讓我們不敢面對自己，逃避和自我的相處，最終成為一個孱弱的自己，金玉其外，敗絮其中。

　　我們對於單純追求精神自由的人，其實是很不寬容的。

上海以前有一個很出名的流浪漢沈巍，擅長談論《左傳》、《尚書》，宣導垃圾分類，曾是一名公職人員，後來因為自己的觀念追求，二十多年過著風餐露宿的流浪生活，在社會各界引起一片譁然。眾說紛紜，有批判，有嘲諷，當然也有人嚮往，感嘆。

對精神選擇多樣性的支援，最好的狀態應該是一種不予評判的態度，批判和感嘆的背後，都是因為我們生活容錯率不高，社會角色屬性強的體現。正如一日偶然看到的一段話：「從你出生的那一刻，端什麼碗，吃什麼飯，經歷什麼事，什麼時候和誰結婚都是定數，別太難為自己，順其自然就好。人生的劇本你早在天堂看了，你之所以選擇這個劇本，是因為這一生中，有你認為值得的地方。」

我們普通人也都有自己的初心，或者可以稱為夢想，或許是去環遊世界，見識更多的風土人情；或許是成為一名作家、一名畫家或是一名表演家，不為名利，只是希望把自己的想法和態度傳遞給這個世界。

但我們也都受限在自己當下的生活中，面對著更為實際的、亟待解決的問題，這些追求在一段時期內，被統稱為「不務正業」，但不斷努力地去實現自己初心的過程，就是人生最大的正業。

人間幾處得清夢，紅塵試心明機緣。

觀照之緣

迎著六月的陽光，朋友圈中多了許多趁著畢業開啟旅遊模式的青年人，澄澈的藍天中，點綴著幾朵棉花似的雲，或是鬱鬱蔥蔥的樹林間，隱約可見的古寺。彷彿疫情的影響正在漸漸減弱，我們只是在步履不停的人生旅途中，放慢了一段時間。

疫情之前，我也是很愛旅遊訪道，各處的山山水水風格各異，人文風情也不盡相同，能在名山大川之中和道友們相談飲茶，也是樂事一件。

我總是喜歡體會每個地域的本土特色，喜歡走到城市的窄巷裡，看著老居民在侍弄花草，操著本地口音拉著家常；吃特色小食，也是隨遇隨吃，不經意間，反而遇到過不少名不見經傳的美味。

這個過程是充滿隨機性而美妙的。我一直很相信人的遇見都是緣分，所以每次外出旅行時，都是抱著開放的心態，與見到的人交往。這些年下來，遇到過不少有趣的人和事。

有一次因為工作原因去到故宮，在裡面參觀之時，遇到了一位老北京大爺，特別熱情地和我介紹著園裡的一景一物，

相行一路後，想請大爺吃飯聊表感謝，結果大爺樂呵呵地說：「姑娘啊！大爺沒別的愛好，就愛給人講講這的歷史，咱們聊得來，你也不嫌咱絮叨，飯就不吃了，希望你能更加瞭解故宮，瞭解這裡隱祕的歷史。」說罷擺擺手，像一位隱於市的居士，慢慢地消失在我的視野中。

這種相逢，是一種上天的安排，讓我能更加瞭解京城的局氣和熱絡，還是我自身的善意和開朗，讓我有幸有了這樣的遊園經歷，我一時無法分辨。直到有一天，看到劉豐教授在講高維智慧中提到；「從下往上是觀，從上往下是照。」在更高維的角度來看，我們所遇到的一切，都是預先安排好的，我們是高緯度的映射，是投影儀投出的畫像。所有的遇見，無論你認可與否，其實在更高維度早已發生，我們唯有帶著一顆慧心，去從容面對。

我們的所有遇見，都是觀照之緣，我們馴養動物，自以為掌控了牠們的一切，甚至包括生育。但焉知我們不是更高等生物眼中的螞蟻，我們的世界只是他們眼中的玩具屋，只需輕輕一擺弄，我們的命運便會發生翻天覆地的變化。

這種說法在《蘇菲的世界》一書中也有體現。我高中的時候，很喜歡這本哲學入門書籍，雖然在介紹哲學思想方面，只是蜻蜓點水，可它的寓意卻深刻高明。也許我們人類是某個更高等生物的一個遊戲程式，或一部小說中的人物，我們的命

運和一切，都是作者安排好的，我們完全存在於命運的必然性之中。

這其中的未知性和隱祕讓人著迷，無論是星座運勢顯示下週我們會遇到貴人，還是塔羅牌推測出我們近期需要增強自制能力，更或者紫微斗數推演出我們一生的大致軌跡，全世界的人類都在窮盡各種方式，去探索人生的可預知性。冥冥之中，彷彿我們的人生是被提前規劃好的，我們以為的意外，可能都早已寫在了屬於我們的人生劇碼中：下一章，遇見。

如此一來，很多事情都有了新的快樂和幸福。為什麼有一些人成了終生摯友，有一些人成了彼此生命中的過客，這或許真的就是「有緣千里來相會，無緣對面手難牽。」緣分這個事情，確實是細絲纏繞，有時覺得掙脫不開，有時又覺得脆弱易斷。但如果明瞭這些都是上天的精心安排，就會更加豁達地看待緣來緣去，對於失去也能更加放手。

柏拉圖說：「每一種生物，都是理性世界中永恆不變形體的不完美複製品。」這種不完美，是哲學家不斷去發掘和探索的動力，也是我們普通人擁有生活多變性的基石。

有時候一整天都諸事不順，遇到一些平白無故惡語相向的人，感覺生活為什麼會扔這些糟心事給自己。但如果把不美好的遇見也當作一種緣分，就會感念生活的良苦用心。我們不可能一直遇到美好與幸運，也會有委屈與不甘，本著善良的本

性去行事，無愧於自己，才能更加充分地去遇見禮物。正是，積善成德，而神明自得，聖心備焉。

　　一飲一啄，莫非前定。我們遇到的人、發生的事，都是有跡可循的，不論結果如何，都是註定會發生的事。所以，如果事與願違，也不用擔心，一切都是最好的安排。無論我們今生遇到誰，都是生命中應該出現的人，一定會教會我們什麼，給我們帶來不一樣的體會。

　　欲知來世果，今生作者是。

虛無的宇宙

　　我曾經在半年前，陸陸續續與幾位朋友開啟了一個小的賭局。然後為了這個小的賭局，我花了大量的精力與時間，去期待和關注這件事情。終於到了答案揭曉的那一天，我不但賭輸了，還輸得很徹底⋯⋯

　　在我用了足足幾天的時間來排解這份抑鬱和失落的情緒之後，終於收拾心情，在十月二十五日的今天，開始新的寫作與思考。

　　昨夜仰望星空之後，正巧看了一段很有意思的影片，探討了我們所生存的世界的真實性與否。從難解的科學假設到神祕學的實驗，讓許多人認為我們所說的宇宙其實是虛擬的，而我們平時認為的靈魂，可能是唯一真實存在的事物，十分大膽的推測。

　　影片甚至從《道德經》的內容出發，去解讀宇宙的起源與虛擬性。《道德經》第一章開篇便提出：「道可道，非常道，名可名，非常名。」「道」含有規律、秩序的意思，泛指宇宙中的一切自然之道，萬事萬物在各自位置上的運行規律，

可以說是道創造了宇宙中的一切，但這又是常人難以用言語講明的事情。道似乎是看不見、摸不著的，又似乎是更高維度的存在，這樣的道所創造的世界，是真實的還是虛擬的？

　　有類似觀點的，還有哲學家笛卡兒，最經典的理論是「我思故我在」。在笛卡兒的哲學體系中，宇宙中共有兩種不同形式的真實世界，一種實體稱為思想或靈魂，另一種則稱為外延或物質。靈魂是純粹且不占空間的，是所存在的最小單位；物質是會占一定空間的，因而可以一而再的被分解為更小的單位，直到消失。

　　我們用理智所思考的事物，並不發生在身體內，而是發生在靈魂中，因此完全不受擴延的真實世界左右。而外延的物質，類似於上了發條的機器，按照另一套適用於他們的法則在運行。

　　這種虛擬性，還存在於宇宙大爆炸理論。物理學家認為，我們目前的宇宙，在最初時刻，是一個所有物質、能量和空間被壓縮到零體積和無限密度的區域，稱之為「奇點」。在極短的時間內，宇宙迅速膨脹，形成了物質，才有了現在的星系。但一個如此高密度的存在，是如何形成的？宇宙為什麼會膨脹，並且膨脹得如此迅速？

　　《道德經第四十章》說：「天下萬物生於有，生於無。」這和大爆炸理論竟然如出一轍。生於無，是解釋了奇點的來源

和形成，是從虛無中而來；生於有，是宇宙大爆炸，由一個奇點變成一個巨大的星系，形成無數的物質。虛無和真實的轉化，是道在推動，那道又是什麼，是上帝？是神靈？還是僅僅是自然的偶然。

西方史學家所熱衷研究的蘇美文明，似乎可以給我們一點啟迪。蘇美文明是人類已知最古老的文明，在距今七千多年前，蘇美人就有了多學科教育的規範學校了，其學科包括神學、植物學、數學、語言學……等等，許多都處在十分領先的地位。蘇美人能計算十五位數字，並創立了設置閏年的辦法，還完整地記錄了日全食和月全食。他們還有發達的貿易業、農業、牲畜業、手工業，掌握紡織、製陶、印刷、釀酒、造船等技藝。

發展如此繁榮的蘇美文明，又是從何而來的？考古工作者在兩河流域發現了 16 塊刻有蘇美歷史的泥板，被稱為「蘇美王表」，記錄著蘇美 134 位古代君主稱王的城市和在位的時間。其中，他們的第一位國王叫作阿魯利母，在位時長28800 年；第二位國王叫作阿拉爾加，在位時長 36000 年，一直到第八位國王，都是數萬年的時長，總共統治了二十四萬年。

人類的壽命，是不可能統治這麼長時間，活這麼久，也是我們現代人無法相信的。因此便有了「蘇美文明是由外星

224

人創造的」之説，因為根據記載，在史前大洪水後，王表上每位國王的時間明顯縮短，彷彿換了一個物種。

有一種權力讓渡的意味。科學界一切的基礎，是物質是客觀存在的，因此在解釋一些超出常識的問題時，會引入外星人來進行合理化，哲學界沒有把物質的存在當成是既定事實，因而有著靈魂與外延的輕重之分，是一個十分有趣的角度，和值得探索的議題。

對於個人而言，靈魂的真實性更重要，還是物質世界的真實存在更為重要呢？我認為是前者。這種大而玄妙的議題，在帶給我們更廣闊的思維疆域的同時，其實本身就是在論證思考的重要性。是對一些現象和事件視之理所當然，還是敢於去質疑既定的一切，從而翻論出全新的理論，這一思考過程本身，就是靈魂主導世界的體現。

哪怕是堅定的唯物主義者，也不能否認自己在用自己強大的意志和精神，支撐著自己在這個世界上繼續生活和探索，這一能量依舊是源自內心，源自一種不可觸摸的神聖，也就是純粹的心靈。

或許一切都是虛無，但真實的靈魂永遠發光。

覺有八徵，夢有六候

　　前幾日做了個夢，夢裡自己約莫八、九歲的樣子，在空曠的原野上放風箏，田埂上站著兩、三個大人，模樣看不真切，在一團霧氣間，傳來忽遠忽近的呼喊聲：「跑慢些，不要摔倒了……」醒來後身上乏困，彷彿真跑了幾公里似的，夢境與現實難解難分。

　　正巧今天中午又聽到好友詳細講述了他昨晚奇特的夢境，歷歷在目的場景，讓他感到無比的真實和不可思議。

　　我一直有一個習慣，總是把自己一些特別清晰、奇特的夢境給記錄下來，或許將來在某一個時間點，我就可以透過突如而來的靈感，來解讀自己的夢境。有一日，我還和師兄打趣地說，我們合寫一個夢境手冊吧！把古典之中關於一些夢境的解釋，來歸納整理一下，做成一本手冊，這樣大家做完夢，就可以翻翻手冊，從裡面獲得一些靈感和方向。或許過兩年等我空閒下來，就可以著手整理。

　　根據佛洛伊德《夢的解析》來看，夢是現實中實現不了和受壓抑的願望的滿足。斗膽對自己的夢進行了一下注解，那

便是對孩童時代的回憶與眷戀，看不真切的大人，是兒時的長輩，因許久未見，而籠上了一層薄霧。夢見在放風箏，是因為疫情以來，這樣無拘無束的戶外活動屈指可數，是潛意識中對自然和無憂無慮的一種嚮往與渴望。

　　這麼分析起來，我自己都覺得條理清晰、頭頭是道，一時間幾分懷舊思鄉之情也縈上心頭。但也忍不住感慨，人的思維真是一項神奇的存在，它不分清醒與睡眠，無時無刻不在影響著我們的行為決策。既如此，何為做夢，又何為覺醒？

　　正如「莊周夢蝶」的典故中，莊子有一次夢見自己變成一隻蝴蝶，翩翩起舞，全然忘記了自己是莊周。當他醒來的時候，卻再也分不清自己是莊子還是蝴蝶──到底是蝴蝶夢為莊子，還是莊子夢為蝴蝶？

　　我們常說眼見為實，但夢中的情感與見聞，就一定是虛幻的嗎？未嘗見得。人的一生當中，大約有三分之一的時間處在睡眠當中，做過的夢也有成千上萬，夢本身就是我們人生旅程的很大一部分組成。若把這部分時間單純當作虛無縹緲的無稽之談，未免過於武斷；若認為一切有形皆為虛妄，浮生如夢，萬般皆為虛空，似乎也讓現實生活的存在，顯得有些失去意義，難以投身於這喧嘩人間。因而如同佛洛伊德的理論這般，認為二者交相呼應、互相影響，是一個較為合理的選擇。

　　其實這樣類似的學說，在《列子‧周穆王》中也有記載：

「覺有八徵，夢有六候。」指的是一個人活在世上，清醒的時候有八徵：「故」，人情世故；「為」，日常作為；「得」，名位得失；「喪」，送死之戚；「哀」，情愁哀感；「樂」，怡樂可喜；「生」，初生之痛；「死」，解脫而歸。睡覺的時候有六候：「正夢」，平居做夢；「噩夢」，驚噩而夢；「思夢」，思念而夢；「寤夢」，悟道做夢；「喜夢」，喜悅而夢；「懼夢」，恐怖而夢。這六種反應，是我們精神感受而產生的徵候。

這八徵都與人的身體息息相關，意思就是說，白天醒著的時候，你做了什麼事情或者你身體什麼狀態，那麼晚上做夢的時候，你就會相互感應，這種感應是身體和靈魂的交感。

這一觀點同樣也認為，夢境反映的是現實，在後文的解夢中還又相應的例子。吃的太飽就會夢見給予，太饑餓就夢見取得；浮躁氣虛成病的就夢見飛揚，抑鬱沉悶成病的就夢見溺水。所有的夢境都是有跡可循的，陰陽相交，虛實相合，其中的奧祕，我們人類也只能窺探一二。

夢境在某種程度上，充滿了神祕學的色彩，不真切的質感、荒誕的故事走向，但又與現實有著千絲萬縷的聯繫。這些特點，讓其就是會有區別於現實的體驗感，有一種天人感應的宿命感在其中。

就如同《西遊記》裡魏徵夢中斬龍的傳奇故事，又或是

《紅樓夢》中賈寶玉夢遊太虛幻境，都是借由夢中所見所為，來推動故事的進程。在小說中能有如此水到渠成之感，就是因為我們都默認，夢境本身就是具有意義性的，在某種程度上，甚至是高維對低維的一種介入性指導，但又因著夢境的虛幻性，讓人將信將疑，更增加了現實與夢之間的糾纏感。

糾纏的本質，是「一體之盈虛消息，皆通於天地，應於物類」，一切的物質世界、精神世界是同一個起源，是心物一元，就是一個本體。這種一體性，就如同月有陰晴圓缺、潮水潮漲潮落，人有覺醒便有夢境，二者交融在一起，無謂孰輕孰重。

因而「夢裡不知身是客，一晌貪歡」，也未嘗不可。夢裡也是精神體驗的一部分，清醒時無法擁有的體驗與快樂，允許自己在睡夢中擁有，既是對虛空的真誠擁抱，也是對現實的短暫消遣。

假作真時真亦假，無為有處有還無。

萬物歸一，宇宙之源

　　最近看了《老高與小茉》的一期談話節目，裡面講述了一位日本天文學家木內鶴彥的死亡體驗，即靈魂脫離軀體後所感知到的內容。令我大開眼界的是，該內容甚至涉及到了時間穿越，不僅可以穿越到自己的過去和未來，還可以穿越到幾千萬年前，探尋宇宙的起源。

　　根據木內鶴彥的體驗，宇宙最原始的狀態是沒有物質的。宇宙原先是一個龐大的意識，由於某種原因發生了扭曲，在扭曲的縫隙中，產生了最小的物質——原子，再透過不停歇的組合，才有了物質世界。人的靈魂就來自這一團整體的意識，平時來看，我們都隸屬於某一獨立個體，但其實我們都來自同一個意識，最終也會歸於同一個意識當中去。

　　這與我們的現代科學是相悖的。現代物理學認為，宇宙起源於大爆炸，從一個無限小的質點急劇膨脹，才有了時間、空間和萬物的起點，也就是說，宇宙的起源是物質，這種物質與意識的先後問題，從古至今都沒有停歇。科學的盡頭是玄學，玄學的盡頭是什麼？是意識嗎？

《道德經》中談到：「道生一，一生二，二生三，三生萬物。」道獨立存在，先於宇宙萬物而有，並且永恆存在，不斷地為世間帶來從虛無到真實的變化，並且生生不息。

　　從《道德經》的立場看，宇宙也是起源於虛無縹緲的意識，而且與那位有死亡體驗的科學家類似，也是從一個整體不斷分離，才繁衍出萬物，有了如今的世界。

　　換一個更宏大的角度來思考，無論是意識還是物質，各方所共通的觀點是，宇宙的起源是單一的，即一個整體，這個整體由於某種原因不斷分化發散，形成一定意義上的個體，個體間交融交流，形成了變化莫測的複雜世界和瑰麗宇宙，最終這些個體也將消散湮滅，又成為宇宙整體的一部分。

　　這種部分與整體的關係，其實也是我們個體和世界的關係。冥冥之中我們會發現，無論我們多麼具有獨立意識和思考能力，我們身上總有一些揮之不去的行為習慣和思維定式，一部分來自於生養我們的文明所給予的文化烙印，一部分來自於我們與這個世界本源的同一性，讓我們需要與世界產生連接，需要與社會相融合，才能自我和諧，才能在世界中培育自我。

　　木內鶴彥對地獄的見解，也十分簡潔有趣，所謂地獄，就是一個人生前對他人做了許多不好的事，在去世後，靈魂要回歸到龐大的整體意識當中的時候，這個過程會和生前被自己傷害過的人的靈魂相融，因此會產生極致的痛苦，對方的煎熬

會被自己完完整整地體會一遍，這就是地獄。地獄其實是一個瞬間，但卻痛苦萬分。

所以儒家所宣導的「己所不欲，勿施於人」，無論從哪個角度看，都是十分正念的建議。對於很多屬於神祕學範疇的知識和概念，我雖然一直很感興趣，但我更關注的是當下，關注當世的人。即便在當下，我們也應當善待生命中出現的每一個人，因為從某種意義上來說，我就你，你就我，我們是同一母體的不同部分，散落在人間，有幸相遇，同源同根，何苦為難。

我非常喜歡這種天下歸一的學說和理念，因為在我看來，世界的本源本身也是極簡極純的，在宇宙剛剛形成的時候，也必然是沒有許多高低貴賤之分、好壞善惡之別的。這些也都是在世界的發展中，人為標榜和劃分的，也正是因為有了這些，才有了利益相爭，有了政見不合，繼而發生戰亂，有了貧苦和饑荒。

我們總是在呼籲放下成見，但焉知我們內心根深蒂固的理念，不也是一種成見？這時候，不由得再次讚歎老子的智慧，「無為」二字，真的稱得上是許多問題的解藥。我們若能無為，讓事情自然發展，或許就不會橫生出許多的爭執和怨恨。

太極化兩儀，兩儀生四象。太極中的陰陽魚，永遠處在動態之中，相互制約，相互轉化，但又互相獨立，互為對立。微

232

妙的平衡，讓整體處在波動變化之中，周而復始但次次不同。

　　這就是為什麼我們屢屢探究宇宙的奧祕，但屢屢都處在真相邊緣的原因吧！因為我們也是真相的一部分，我們同樣歸屬於浩瀚無垠的宇宙起源，但我們所擁有的，還是只有自己作為獨立個體時的體驗和經歷。

　　勸君莫作獨醒人，爛醉花間應有數。

李莎隨筆集：自坐逍遙台

作　　　者／李莎
美 術 編 輯／孤獨船長工作室
責 任 編 輯／許典春
企畫選書人／賈俊國

總　編　輯／賈俊國
副 總 編 輯／蘇士尹
行 銷 企 畫／張莉滎・蕭羽猜・黃欣

發　行　人／何飛鵬
法 律 顧 問／元禾法律事務所王子文律師
出　　　版／布克文化出版事業部
　　　　　　臺北市中山區民生東路二段 141 號 8 樓
　　　　　　電話：(02)2500-7008 傳真：(02)2502-7676
　　　　　　Email：sbooker.service@cite.com.tw
發　　　行／英屬蓋曼群島商家庭傳媒股份有限公司城邦分公司
　　　　　　臺北市中山區民生東路二段 141 號 2 樓
　　　　　　書虫客服服務專線：(02)2500-7718；2500-7719
　　　　　　24 小時傳真專線：(02)2500-1990；2500-1991
　　　　　　劃撥帳號：19863813；戶名：書虫股份有限公司
　　　　　　讀者服務信箱：service@readingclub.com.tw
香港發行所／城邦（香港）出版集團有限公司
　　　　　　香港灣仔駱克道 193 號東超商業中心 1 樓
　　　　　　電話：+852-2508-6231 傳真：+852-2578-9337
　　　　　　Email：hkcite@biznetvigator.com
馬新發行所／城邦（馬新）出版集團 Cité（M）Sdn.Bhd.
　　　　　　41，JalanRadinAnum，BandarBaruSriPetaling，
　　　　　　57000KualaLumpur，Malaysia
　　　　　　電話：+603-9057-8822 傳真：+603-9057-6622
　　　　　　Email：cite@cite.com.my
印　　　刷／韋懋實業有限公司
初　　　版／2023 年 8 月
定　　　價／300 元
I S B N／978-626-7337-26-4
E I S B N／9786267337288（EPUB）

城邦讀書花園　🐛布克文化
www.cite.com.tw　WWW.SBOOKER.COM.TW